GAUDIMAX

GAUDIMAX

Die besten Witze

Medial Verlag

Die Deutsche Bibliothek – CIP-Einheitsaufnahme

Gaudimax : die besten Witze. – Wien : Medial-Verl., 1992
ISBN 3-8000-3461-1

AU/204/3

Umschlag von Beate Dorfinger
Cartoons von Winfried Dietl

Printed in Austria

Inhalt

Vorwort

Liebe »Gaudimax«-Gemeinde!

Wie heißt es doch so treffend: »Wer zuletzt lacht, lacht am besten.“ Beim Start von »Gaudimax« glaubten nur die wenigsten an einen dermaßen durchschlagenden Erfolg unserer Fernsehsendung. Witzige Kandidaten und unterhaltsame Prominente sorgten für hohe Einschaltquoten und machten »Gaudimax« zum mittlerweile in ganz Deutschland und Österreich anerkannten Markenzeichen für Humor. Wir staunten nicht schlecht, als innerhalb kürzester Zeit die erste Auflage unseres »Gaudimax«-Buches vergriffen war. Mehrfach mußten wir nachdrucken, weil immer mehr Zuschauer auch nachlesbar lachen wollten! Darum legen wir Ihnen jetzt schon das 2. »Gaudimax«-Buch zum »Nachlachen« vor!
Viel Spaß beim Studium der aktuellsten und besten Witze aus unseren letzten Sendungen

wünscht Ihnen Ihr

(Gaudimax)

Liebe und Ehe

Ein Vater schaut mit seinem 3jährigen Sohn auf den Schultern einem Fußballspiel zu.
Der Kleine verfolgt das Spiel und kommentiert lautstark: »Buuuh, Foul! Elfmeter! – Vorsicht, Abseitsfalle! Freistoß! Eckball!«
Die Zuschauer sind begeistert von dem Kleinen: »Toll, was der in seinem Alter schon alles weiß.«
Der Kleine kommentiert munter weiter.
Nach einer Weile nimmt ihn der Vater von seinen Schultern und meint: »Beim Fußball kennst du dich aus, aber wann du Pipi sagen mußt, daß weißt du immer noch nicht!«

Eine Bäuerin fährt zum ersten Mal in ihrem Leben in die Stadt, um eine neue Eckbank zu kaufen, da die alte in der Küche kaputt ist.
Der ältere von ihren beiden Söhnen, der Ernst, mag sie nicht begleiten, also fragt sie den jüngeren: »Franzi, willst nicht mit mir in die Stadt fahren?«
Franzi: »Ja, ich würd' schon mitkommen, aber ich hab' ja keine Haube, Mutter!«
»Ja«, sagt sie, »setz' halt die Haube vom Ernst auf! Die paßt dir doch!«
Also, die beiden fahren miteinander in die

Stadt. Und wie sie so durch die Straßen gehen, staunt die Mutter, weil sie ja alles noch nie gesehen hat.
Auf einmal liest sie »VOLKSBANK« und sagt zum Franzi: »Na, da werden wir wohl unsere Eckbank kriegen. Die werden so was wohl haben!«
Sie gehen zum Kassenschalter. Der Kassierer fragt: »Grüß Gott, gnädige Frau, was wünschen Sie?«
Sagt sie: »Ich hätt' gern eine Eckbank!«
Kassierer: »Ist das Ihr Ernst?«
Sie: »Nein! Das ist unser Franz! Der hat nur die Haube vom Ernst auf!«

■

In einer Familie ist eine Unterhaltung im Gange. Da fällt das Stichwort ›Verlobung‹.
Der kleine Maxl, fünf Jahre alt, hört zum ersten Mal diesen Begriff.
Da fragt er seinen Vater: »Du, Papa, was ist denn eine Verlobung?«
Vater: »Ja, wie soll ich dir das erklären? Also, ein Bursche und ein Mädchen haben sich gern und möchten später einmal heiraten. Vorher müssen sie sich aber erst ein bißchen besser kennenlernen. Das ist ungefähr so, wie wenn ich dir zu Weihnachten ein Radl kauf, du aber zu Ostern erst fahren darfst.«
Darauf der Maxl: »Aber, Papa, klingeln darf ich schon ein bißchen!«

■

Fritzchen spielt mit seiner Modelleisenbahn. »Achtung, Achtung, der Zug fährt in fünf Minuten. Alles einsteigen. Große Deppen nach vorn, kleine Deppen nach hinten.«
»Aber Fritzchen«, erregt sich die Mutter, »so was sagt man doch nicht.«
Fritzchen spielt weiter: »Alles einsteigen. Große Deppen nach vorn, kleine Deppen nach hinten.«
Jetzt ergreift der Vater das Wort: »Wenn ich hier in meinem Wohnzimmer noch einmal das Wort

›Depp‹ höre, sperr ich dich eine Stunde in dein Zimmer ein.«
Fritzchen unbeeindruckt: »Alles einsteigen. Große Deppen nach vorn, kleine Deppen nach hinten.«
Darauf packt der Vater das Fritzchen an den Ohren und sperrt es für eine Stunde in sein Zimmer ein.
Kaum entlassen setzt das Fritzchen wieder sein Schaffner-Käppi auf, bläst in die Trillerpfeife und ruft: »Achtung, Achtung, alles einsteigen, Erwachsene nach vorne, Kinder nach hinten, aber Beeilung bitte, wegen dem Oberdeppen haben wir eine Stunde Verspätung!«

■

In einem Friseurgeschäft wird plötzlich nachmittags so gegen fünf Uhr die Tür aufgerissen. Ein junger Mann steckt seinen Kopf herein und sagt: »1, 2, 3, 4, 5! Äußerst günstig!« Macht auf dem Absatz kehrt und verschwindet.
Die Kunden schauen sich verwundert an. Der Chef denkt: Was war denn das jetzt für'n Verrückter!
Am nächsten Tag: Der Friseurmeister steht wieder im Geschäft und schneidet seiner Kundschaft die Haare.
Punkt fünf Uhr wird plötzlich wieder die Tür aufgerissen. Wieder steckt der junge Mann den Kopf zur Tür herein: »1, 2, 3, 4, 5, 6, 7! Äußerst günstig!«
Er haut die Tür wieder zu, und weg ist er!
Daraufhin sagt der Meister zu seinem Lehrling: »Wenn der Verrückte morgen wieder vorbeikommt, gehst du ihm nach, denn ich möchte wissen, was der hier will!«
Tatsächlich wird am nächsten Tag genau um fünf die Tür wieder aufgerissen: »1, 2, 3, 4, 5, 6, 7, 8, 9! Äußerst günstig!«
Die Tür fällt zu, und schon ist der junge Mann wieder verschwunden.
Der Meister zum Lehrling: »Los, dem rennst du jetzt nach!«

Der Lehrling rennt dem Mann hinterher und kommt nach einer halben Stunde zurück.
Der Meister fragt ihn ganz erwartungsvoll: »Und? Wer war's denn?«
Darauf der Lehrling: »Wer er war, weiß ich nicht! Aber erst ist er in die Blumenhandlung und anschließend zu Ihrer Frau!«

■

Der Papa geht mit dem Maxl spazieren. Da kommt ihnen ein Herr entgegen.
Der Maxl zieht den Hut und grüßt.
Da fragt der Vater: »Wer ist denn das? Den kenne ich doch gar nicht.«
Antwortet der Maxl: »Ja, das ist der Mann vom Umweltschutz.« – »Ja, und woher kennst du den?« – »Der kommt oft zur Mutter, und dann fragt er immer, ob die Luft rein ist.«

Beschwert sich in der vollbesetzten Straßenbahn ein alter Mann bei einem anderen: »Diese Jugend heutzutage, kein Benehmen, runtergekommen. Nicht mal einen Platz bieten die einem an.«
Sagt der andere: »Ja, was wollen Sie denn, der junge Mann hat Ihnen doch gerade seinen Platz freigemacht.« – »Ja, aber gucken Sie doch mal, meine Frau steht noch!«

■

Die Verlobten beschließen zu heiraten. Kurz bevor es soweit ist, verlegt der zukünftige Ehemann den Hochzeitstag von Mittwoch auf Donnerstag.
Beschwert sich die Zukünftige: »Bist du verrückt, es ist alles arrangiert, dann müssen wir ja alle Gäste wieder umladen – das ist doch ein Wahnsinn.«
»Ja«, sagt er, »das geht gar nicht anders,

ich hab' nachgerechnet, wenn wir Silberhochzeit haben, das wäre Dienstag, und Dienstag habe ich Kegelabend.«

■

Eine Oma in einem kleinen Dorf ist hundert Jahre alt geworden. Die Oma und ihr Mann sitzen auf dem Sofa, als das ganze Dorf zum Gratulieren erscheint. Alles ist vertreten. Der Oberbürgermeister, der Landrat, der Stadtrat, das Radio, die Presse, alle gratulieren. Fragt der Reporter die alte Dame:
»Also, Oma, jetzt bist du hundert Jahre alt geworden. Uns würde nun schon mal interessieren, wie du das geschafft hast.«
»Mei, das ist ganz einfach: Ich habe immer gut gegessen, war immer an der frischen Luft, habe mäßig getrunken und nur ganz wenig geraucht. Und mit der Liebe, mei Sie wissen schon ...« – »Ja, Oma, wann haben Sie denn mit der Liebe aufgehört?« – »Ja, neunzehnfünfundvierzig!« – »Ach ja, das ist natürlich doch schon lange her.« – »Ach geh, red' keinen Schmarrn. Jetzt ist es ja erst 20 Uhr 15.«

■

Das jung vermählte Ehepaar hat beschlossen, sich vom ersten Geld einen neuen Schlafzimmerschrank zu kaufen. Als der Mann in die Arbeit geht, kann es die Frau nicht mehr erwarten. Sie rennt in das erstbeste Möbelgeschäft und sucht sich einen wirklich wunderschönen Schrank aus.
Ungeduldig läßt sie sich diesen gleich ins Haus liefern, und baut den Schrank sofort auf. Nur – als die Trambahn am Haus vorbeifährt, bricht der Schrank zusammen.
Die Frau, voller Energie, baut den Schrank sofort wieder auf. Wieder fährt die Trambahn am Haus vorbei, wieder fällt das ganze Ding zusammen.
Da ruft die Ehefrau verzweifelt den Möbelhänd-

ler an: »Sie, können Sie mir nicht helfen, jetzt wohne ich direkt an der Straße, wo dauernd die Trambahn vorbeifährt, da bricht mir der Schrank allweil zusammen.«
»Wissen's was«, antwortet der Möbelhändler, »da schicke ich am besten unseren Schreiner vorbei, der soll sich die Sache anschauen, der wird das irgendwie schon hinbiegen.«
Eine Stunde später ist der Schreiner da. Er baut den Schrank noch mal auf, wartet auf die Trambahn, und tatsächlich bricht der Schrank zusammen.
Sagt er: »Jetzt probieren wir folgendes: Wir bauen den Schrank noch mal auf, ich stelle mich innen rein, Sie machen die Tür zu, und dann schauen wir mal, was da drinnen fehlt.«
Der Schreiner stellt sich in den Schrank, die Frau macht gerade die Schranktür zu, als der Mann überraschend früh von der Arbeit heimkehrt.
Die Frau, sichtlich überrascht, weiß gar nicht, was sie sagen soll.
Der Mann sieht den Schrank, merkt, daß da drinnen irgend etwas raschelt, reißt den Schrank auf und sieht den Schreiner drinnen. Dieser schaut den Ehemann verdutzt an und sagt: »Ach wissen Sie was, schmieren Sie mir gleich eine, weil das glauben Sie mir sowieso nicht, daß ich da drinnen auf die Trambahn warte!«

■

Das Ehepaar Lechner hat goldene Hochzeit, und trotz aller Feierlichkeit drückt ihn was. Er sagt: »Du, Reserl, jetzt sind wir 50 Jahre beieinander, aber jetzt muß ich dir doch was sagen. Ich bin nicht immer der Bravste gewesen, und manchmal war ich dir auch untreu.« – »O mei«, schluckt das Reserl, »wie oft denn?« – »Ja«, sagt er, »so ehrlich bin ich dann schon gewesen, ich hab' jedesmal ein Reiskörndl ins Nachtkastl gelegt, damit ich dir einmal Rechenschaft ablegen kann.«

Sie machen das Nachtkastl auf und das Schubladl ist fast randvoll.
»O mei«, das Reserl schluckt noch mal, »das ist ja furchtbar. Aber weil du so ehrlich warst, muß ich dir jetzt auch was sagen. Ich war dir auch nicht immer treu, und ich hab' auch jedesmal ein Reiskorn ins Schubladl 'reingelegt.«
Sie machen beim Reserl das Nachtkastl auf, und da ist bloß ein ganz kleines Häuferl im Eckerl drin.
Da sagt er: »So wenig, da schäm' ich mich ja direkt vor dir.«
Sagt das Reserl: »Da tröst' dich nur, ich hab' ja schon ein paarmal einen Reisauflauf davon gemacht.«

■

Es war gleich nach dem Krieg. Der Wirtin ihr Mann war auch im Krieg geblieben, und so ist sie auf der Suche nach einem neuen Ehemann. Da hat man ihr eingeredet, Männer, die große Füße haben, haben auch einen dementsprechend großen »Zapadäus«.
Eines Tages betritt ein kleiner Wichtel das Wirtshaus und hat ein paar Schuhe an – mindestens Schuhgröße 48! Denkt die Wirtin: »Das ist er!« Sie gibt ihm zu trinken, sie gibt ihm zu essen. Und wie sie so nahe beisammen sitzen, flüstert sie ihm ins Ohr:
»Du, ich erfülle dir jeden Wunsch . . . Vielleicht hast du einen ganz besonderen?«
Antwortet der Wichtel: »Wenn du vielleicht ein paar andere Schuhe hättest, die hier sind mir nämlich sechs Nummern zu groß.«

■

Die Familie sitzt abends gelangweilt zusammen, der Fernsehapparat ist kaputt. Da hat der Vater eine gute Idee: »Spielen wir Filme-Raten.«
Er schnappt sich den Hund, wirbelt ihn dreimal durch die Luft und schmeißt ihn durchs Fenster hinaus. »Wie heißt der Film?«

Alle überlegen und überlegen.
Der Vater: »Hunde, wollt ihr ewig leben?«
Darauf nimmt die Mutter den Kanarienvogel aus dem Käfig und setzt ihn in den Kaktus: »Wie heißt der Film?« Keiner weiß es.
»Dornenvögel!«
Da nimmt die Oma das Gebiß aus dem Mund und schmeißt es aufs Hirschgeweih. »Und wie heißt der?«
Wieder weiß es keiner.
»Die Brücke am Quai!«

■

Eine ältere Frau macht einen Rührkuchen und bringt ihn zum Bäcker, um ihn backen zu lassen. Als der Kuchen fertig ist, macht sie sich mit dem Fahrrad auf den Heimweg.
Unterwegs geht ihr das Schuhband auf.
Sie stellt ihr Fahrrad an der Friedhofsmauer ab, stellt den Kuchen auf die Mauer, bückt sich und bindet ihren Schuh zu.
Als sie den Kuchen wieder herunternehmen will, merkt sie, daß er in den Friedhof gefallen ist.
Da jammert sie: »Jetzt liegt er drin, jetzt liegt er drin!«
Da kommt eine andere ältere Frau und versucht sie zu trösten: »Ja, meiner liegt auch schon drin, da liegen viele drin!«
Die andere darauf: »Das schon, aber keiner mit sechs Eiern!«

■

Kommt ein älteres Ehepaar zum Arzt. Klagt die Frau:
»Mei, Herr Doktor, 36 Jahre sind wir jetzt schon beisammen. So eine gute Ehe, aber wissen's, das letzte Jahr hat's einfach nicht mehr klappen wollen bei ihm. Kann man denn da gar nichts machen?«
Sagt der Doktor: »Frau Daxenmoser, da haben Sie aber ein Glück, daß Sie zu mir gekommen

sind. Vor 14 Tagen war ich in Kassel auf einem Kongreß, da haben wir ausführlich über das Thema gesprochen. Ein ganz sicheres Mittel gibt es: Geben'S Ihrem Mann in der Früh einen Eßlöffel Bienenhonig, mittags einen Eßlöffel und abends zwei Eßlöffel Bienenhonig.«
»Dankeschön, Herr Doktor«, strahlt die Frau, packt ihren Ehemann, geht runter ins Dorf und kauft einen ganzen Kübel vom besten Bienenhonig. Der Ehemann kriegt gleich einen gestrichenen Eßlöffel voll, mittags noch mal einen und abends zwei, bis ihm nach 14 Tagen der Bienenhonig schon aus den Ohren kommt.
Als das Ehepaar sonntags spazierengeht, begegnen sie auf der Bahnhofstraße dem Doktor.
»Grüß Gott, Frau Daxenmoser, Herr Daxenmoser«, begrüßt sie der Arzt. »Wie geht's? Haben Sie schon Erfolg mit dem Mittel?«
Sagt die Daxenmoser: »Doch, Herr Doktor, ganz gut. Wesentlich besser ist es geworden. Brummen tut er schon – nur noch nicht stechen.«

Treffen sich nach langer Zeit zwei Freunde.
»Na, wie geht's dir denn so?« fragt der eine.
»Ach nicht so gut. Ich hab' vor einem dreiviertel Jahr geheiratet, und vor einer Woche ist meine Frau gestorben.« – »Mein Gott, das tut mir aber leid! Was hat sie denn gehabt?« fragt sein Freund.
»Gehabt hat sie nicht viel. Einen kleinen Hof und ein paar Tagwerk Viehweide.« – »Nein, nein! So habe ich das nicht gemeint. Was hat ihr denn gefehlt?« – »Ja, was einem so halt fehlt. Geld vor allem und ein Kind wär' auch recht gewesen.« – »Nein, du verstehst mich nicht. An was sie gestorben ist, will ich wissen!«
»Ja, das ist sauber gewesen. Am Sonntag vormittag standen wir zwei in der Küche und fangen fast schon an zu streiten wegen des Mittagessens. Sie hat Kartoffeln machen wollen, und ich hätt' einfach Lust gehabt auf Nudeln. Und stur wie sie war, nimmt sie den Kübel und will in den Keller, um Kartoffeln zu holen, rutscht auf der obersten Treppenstufe aus, fliegt die

Treppe hinunter und bleibt tot liegen.«
»Ja, und was hast du dann gemacht?«
»Nudeln!«

■

Der Kare und der Lucke – zwei alte Freunde.
Der Lucke wird Witwer. An dem Tag, an dem sein Reserl verbrannt werden soll, ist ihm so elend, daß er es nicht schafft, ins Krematorium zu gehen. Deshalb bittet er seinen besten Spezl, den Kare, er soll doch diesen Gang für ihn übernehmen. Glatt war's, gräßlich draußen. Der Spezl geht und trägt die Urne, da fällt er hin, und die ganze Asche ist fort.
»Mei«, denkt er sich, »was bringe ich dem Lucke heim, ich muß ihm doch irgend etwas vorweisen. Ach was«, hat er sich gedacht, »mach ich daheim den Aschenschuber auf und leere einfach alles hinein und bringe ihm das.«
Als er dem gramgebeugten Witwer die Urne überreicht, wühlt der Lucke sogleich in der Asche und findet ein paar verkohlte Eierschalen:
»Mei, so ein gutes Weib ist sie gewesen, und gelegt hätt' sie jetzt auch noch.«

■

Große Frage an große Prawda:
»Ist es meglich, seine Frau mit Handtuch zu erschlagen?«
Große Antwort von große Prawda:
»Ist meglich, wenn Handtuch ist gefillt mit Biegeleisen!«

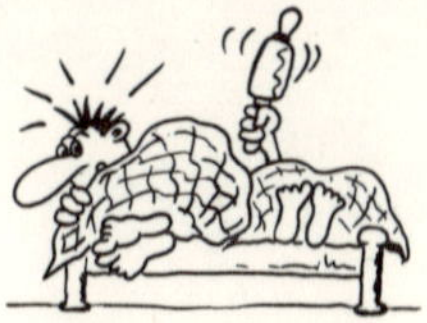

Der Hausfreund war bei ihr daheim, beide liegen im Bett, da hört er plötzlich, wie der Ehemann die Stiegen raufkommt.
Jetzt ist er halt schnell in den Schrank und hat sich eingesperrt. Die Frau liegt noch im Bett, da kommt der Mann rein und schreit:
»Schatzi, draußen brennt's!«
Hört man eine Stimme aus dem Schrank: »Rettet die Möbel, rettet die Möbel!«

■

Treffen sich zwei Freunde. Fragt der eine: »Sag mal, kennst du Goethe?«
Antwortet der andere: »Nein, den kenne ich nicht.«
Darauf wieder der eine:
»Das ist ja wirklich ein schwaches Ding. Du solltest mit mir in die Volkshochschule gehen.«
Nach einer Weile fragt der eine wieder: »Sag mal, kennst du Schiller?«
Der andere verneint wieder.
Darauf der eine: »Also, jetzt wird's langsam Zeit. Du solltest wirklich mit mir in die Volkshochschule gehen.«
Fragt der andere: »Sag mal, kennst du den Heinz Schwarz?«
Meint der eine: »Nein, den kenne ich nicht.«
Antwortet der andere: »Das ist der, der immer zu deiner Frau geht, wenn du in der Volkshochschule bist.«

■

Bungalows sind ja heute der Trend, muß sein, mit allem Komfort.
Zieht ein Ehepaar ein, die wohnen vier Wochen im Bungalow, kommt nachts durchs Fenster ein Einbrecher, schnappt sich den Mann, stellt ihn in die Mitte, zieht um ihn herum einen Kreis mit Kreide und sagt: »Dort drinnen bleibst du jetzt stehen, oder ich schieße!«
Der Einbrecher nimmt Geld, nimmt Schmuck,

geht ans Bett, küßt die Frau und steigt zum Fenster wieder hinaus.
Der Mann steht in dem Kreis, treu und brav, und lacht Tränen.
Sagt die Frau: »Bist du noch zu retten? Der hat Geld genommen, Schmuck genommen, mich geküßt und du lachst?«
Sagt der Mann: »Als er dich geküßt hat, bin ich zweimal aus dem Kreis getreten – der hat das gar nicht gemerkt!«

Lust und Leidenschaft

Ein junger Mann kommt an einem schönen Tag am See vorbei und denkt: »Super Wetter, da könnt' ich eigentlich 'ne Runde schwimmen!«
Da fällt ihm ein, daß er keine Badehose dabeihat. Er schaut sich um und denkt: »Ist kein Mensch zu sehen, da kannst du auch ohne Badehose schwimmen.«
Nach dem Baden denkt der Mann: »Eigentlich könnt' ich mich ja noch ein bißchen in die Sonne legen.«
So ganz nackt ist es ihm aber doch ein bißchen peinlich, er nimmt ein Taschentuch, bedeckt damit seine Blöße und schläft ein. Währenddessen weht ein Windstoß das Taschentuch auf sein Gesicht. Der Mann schläft weiter.
Da kommen drei Damen vorbei.
Die erste guckt sich den Mann so an und sagt: »Also, eins kann ich euch sagen. Mein Mann ist das nicht.«
Da guckt die zweite hin und sagt: »Hast recht. Dein Mann is' es nicht, aber meiner auch nicht.«
Guckt die dritte hin und sagt: »Eins kann ich euch sagen. Aus unserem Dorf ist der nicht!«

Der Pfarrer sitzt am Sterbebett vom Holzinger Wastl und nimmt ihm die Beichte ab. Nach der Beichte fragt der Pfarrer: »Du, Wastl, dich bedrückt doch noch etwas! Das spür' ich doch!« Darauf der Wastl: »Naja! Bedrücken ist zuviel gesagt! Mir geht da noch was im Kopf rum! Als ich 20 war, war ich verliebt in die Angerer Zenzi, und der Blasi auch. An einem Sommertag sind wir alle drei mit dem Boot auf den See gefahren, und der Blasi und ich haben uns wegen der Zenzi gestritten. In meiner Wut hab' ich den Blasi dann ins Wasser geworfen. Seitdem hab ich mir manchmal gedacht, ob ihm wohl was passiert sein könnte, weil ich ihn seit dieser Zeit nicht mehr gesehen habe.«

Am Sonntagmittag steht ein Mann in der Küche und macht schöne Kartoffelknödel. Da klingelt es, er macht auf – es ist sein Freund. Er kommt zu ihm in die Küche, der Mann macht weiter seine Knödel.
Da sagt der Freund: »Ja, sag mal, du stehst in der Küche und knödelst, wo ist denn deine Frau? Das ist doch ihre Arbeit.«
Sagt er: »Ja, weißt du, wir machen Arbeitsteilung, sie macht ja die ganze Woche den Haushalt, darum mache ich das am Sonntag. Sie liegt derweil im Wohnzimmer auf dem Kanapee und ruht sich aus. Geh doch zu ihr rein.«
Der Freund geht ins Wohnzimmer und kommt zwei Sekunden später ganz entsetzt zurück: »Sag mal, deine Frau hat ja einen Kerl da! Da liegt ja einer auf dem Kanapee!«
Er: »Was! Da ist einer drinnen? Da hätte sie doch gleich sagen können, daß ich mehr Knödel machen soll.«

Ein Schiff kommt von großer Fahrt nach Hause und fährt in den Hamburger Hafen ein. Die Frauen stehen schon alle versammelt am Dock und warten sehnsüchtig auf ihre Männer, die ja schließlich sechs Monate auf See waren.
Der Ernst und der Fritz stehen ganz vorne an der Reling, und wie der Fritz gerade seine Frau ausmachen kann, ruft er: »E-F!«
Und sie ruft zurück: »E-E!«
Und er wieder: »E-F!«
Sie: »E-E!«
Sagt der Hans: »Sag mal Fritz, könnt ihr euch nicht normal unterhalten? Was brüllst du denn da immer ›E-F‹, und sie immer ›E-E‹?«
»Ach«, sagt der Fritz, »das ist immer dasselbe Theater, sie will immer *erst essen!*«

■

Der Vater schickt den kleinen Max
am Sonntag nachmittag zu Oma und Opa,
er soll ihnen ein Stück Kuchen von der Mutter bringen.
Als der kleine Bub wieder daheim ist, fragt der Vater: »Und, Mäxle, wie geht's Oma und Opa?«
»Ja, ganz gut«, sagt das Mäxle, »die sitzen auf dem Kanapee und haben nichts an.«
»Was? Haben nichts an?« – »Ja, die sitzen auf dem Kanapee, halten Händchen und haben nichts an!« – »Ja, das gibt's doch nicht, daß die nichts anhaben.« – »Doch, die haben kein Fernsehen und kein Radio an.«

■

Als ich so im jugendlichen Alter war, habe ich mich nach einer Beschäftigung umgeschaut – ich habe Bäcker gelernt –, und weil ich nicht in einer Großfabrik arbeiten wollte, bin ich halt so durch die Lande gezogen. Da bin ich zu einem Bäckermeister gekommen, der hat mich sofort genommen, weil ich so groß und kräftig war. Hat er gesagt: »Mensch, du bist der richtige Kerl für mich, Bäcker ist ein schöner Beruf. Du mußt zeitig aufstehen, aber sonst macht es Spaß.«

Jedenfalls, der Bäcker hatte eine bildhübsche Frau, und wie das so ist im Leben, die Frau hat sich auch ein bißchen in mich verguckt, und es entspann sich ein kleines Verhältnis. Irgendwann habe ich dann gesagt, ›Mensch, du, das kannst nicht machen!‹ Ich bin dann eines Tages zum Chef und habe gesagt:
»Meister, ich muß kündigen!«
»Was, du willst kündigen, warum denn das? Zahle ich zuwenig, bist du nicht gut genug untergebracht?« – »Ach«, sage ich, »wunderbar, ich kann nicht meckern!« – ». . . und Essen und Trinken?« – »Ach, Meister, alles bestens, bestens, bestens!« – »Ja, sag' mal, warum willst du denn dann aufhören?« – »Naja, Meister, Sie wissen ja, Sie haben so eine bildhübsche Frau – und Ihre Frau und ich . . .«
Da fängt der Meister zu lachen an und sagt: »Deswegen brauchst du dir keinen Kopf zu zerbrechen. Wenn wir beide das nicht schaffen, stellen wir noch einen ein!«

Eine Bruthenne sitzt auf ihrem Korb und beobachtet das Nachbarhaus. Da kommt aus dem Haus Morli, der Kater.
Fragt die Henne: »Morli, wie geht's?«
Darauf der Kater hektisch: »Keine Zeit, Trude, keine Zeit.«
Erstaunt beobachtet Trude, wie Morli von einem Haus zum anderen saust, die ganze Straße lang, und auf der anderen Seite wieder zurück.
Außer Atem kommt Morli bei Trude an, und sie fragt ihn sehr erstaunt: »Sag, was soll das?«
Morli: »Ich wurde gestern kastriert, und heute mußte ich allen Miezen absagen.«

■

Ein Mann war in England auf Geschäftsreise. Vor der Abreise überlegt er sich: »Bevor du jetzt nach Hause gehst, mußt doch noch ein kleines Mitbringsel kaufen. Aber was bringst du mit für die Frau?« Da fällt ihm ein: »Ach ja, einen

kleinen automatischen Knirps hat sie sich immer gewünscht.«
Er kauft den Knirps, denkt kurz nach und überlegt: »Theoretisch müßtest du den eigentlich verzollen.« Er überlegt nicht lange und steckt den Knirps kurzerhand in seine rechte Hosentasche.
Als er das Schiff verlassen will, hält ihn der Zoll an: »Haben Sie was zu verzollen?«
Sagt er: »Nein, habe ich nicht!« – »Und was steckt da in der Hose?« – »Ach, das, das . . . ist der Knirps für meine Frau!«
Sagt der Zöllner: »Tja, dann machen Sie mal, daß Sie damit nach Hause kommen, mein lieber Mann!«

■

Großes Himmelstor. Riesenschild. Darauf steht: Hier stellen sich alle die Männer an, die in ihrem Leben von ihrer Frau herumkommandiert wurden. – Riesenschlange davor.
Daneben kleineres Himmelstor. Kleineres Schild. Darauf ist zu lesen: Hier melden sich alle die Männer, die in ihrem Leben nicht von ihrer Frau herumkommandiert wurden. Da steht ein einziger Mann.
Darauf fragt ihn Petrus: »Bist du sicher, daß du in deinem Leben nicht von deiner Frau herumkommandiert worden bist?«
Er druckst herum: »Naja – aber meine Frau hat gesagt, ich sollte mich hier anstellen!«

■

Ein Wanderer kommt an einer Alm vorbei. Da sieht er die Sennerin, und die gefällt ihm schon recht gut.
»Herrschaftzeiten«, denkt er sich, »wenn da ein bißchen was gehen würde, das wäre mir schon recht.« Da nimmt er sich ein Herz und spricht die Schöne einfach an.
»Naa«, antwortet die Sennerin, »ohne Verhüterli geht bei mir gar nichts.«

»Sakradi«, überlegt er, »wo kriege ich denn jetzt auf die Schnelle ein Verhüterli her.«
Da sieht er hinter dem Haus an der Wäscheleine ein Verhüterli hängen. Wie er gerade das Verhüterli runternehmen will, schreit ihn die Sennerin an:
»Nichts da, der bleibt hängen, der gehört dem Alpenverein.«

■

Ein frisch verheiratetes Ehepaar. Behutsam trägt der Ehemann seine Angetraute über die Schwelle der neuen Wohnung. Kaum hat er sie über die Schwelle getragen, läßt er sie fallen: »Hier stehen ab sofort jeden Tag meine Pantoffel! Ob ich da bin oder nicht. Ist das klar?!«
Er hebt sie wieder auf, trägt sie in die Küche vor den Herd und läßt sie wieder fallen. »Und hier wird jeden Tag gekocht, ob ich da bin oder nicht!«
Da nimmt die Frischvermählte ihren Mann, zerrt ihn ins Schlafzimmer und schmeißt ihn aufs Bett: »Und hier wird jeden Tag Liebe gemacht, ob du da bist oder nicht!«

■

Eine alleinstehende Mutter hat wegen ihres unehelichen Kindes einen Vaterschaftsprozeß angestrengt. Als sie die erste Vorladung vor Gericht bekommt, bittet sie ihre Freundin, sie zu begleiten. Pünktlich erscheinen beide am nächsten Tag im Gerichtssaal.
Der Richter eröffnet die Sitzung und beginnt mit der Vernehmung der Klägerin: »Sie wollen Unterhalt für Ihr Kind, ist das richtig?«
Antwortet die Klägerin: »Ja, das will ich, Herr Richter!«
Da sieht der Richter die Freundin der Klägerin: »Und Sie? Haben Sie auch eine Ladung bekommen?«
Antwortet die Freundin: »Nein, Herr Richter, mich hat er nur geküßt.«

Bekanntlich hat man ja früher freitags den Wochenlohn ausgezahlt bekommen. An solch einem Freitag steigt ein junger Mann in Nürnberg in die vollbesetzte Straßenbahn.
Vor ihm steht ein junges Mädchen, das ihm recht gut gefällt. Da es so eng ist, drückt sich der junge Mann ein wenig an sie.
Drei Stationen später dreht sich die Frau auf einmal um und zischt ihn an: »Hören Sie, was erlauben Sie sich! Glauben Sie, ich merk' das nicht?«
Er, kreidebleich: »Entschuldigen Sie vielmals, aber ich kann nichts dafür. Heut' am Freitag, hab' ich den ganzen Wochenlohn gekriegt, und die Rolle Hartgeld, die dabei war, hab' ich mir in die Hosentasche gesteckt.«
Da schaut ihn die junge Dame vorwurfsvoll an: »Das glaub ich Ihnen schon, ich glaube auch, daß Sie eine Rolle Hartgeld in der Hosentasche haben. Aber Sie machen mir doch nicht weis, daß Sie innerhalb von drei Stationen eine Gehaltserhöhung bekommen haben!«

Oma und Opa sitzen zusammen auf dem Sofa. Die goldene Hochzeit ist schon längst vorbei. Sagt der Opa zur Oma: »Du, Oma, eigentlich läuft das bei uns seit Jahren ja schon nicht mehr so, wie es vielleicht noch laufen könnte! Aber paß mal auf, ich habe da neulich in der Zeitung gelesen, daß es da so'n Zeug gibt, damit man wieder so kann wie früher!« – »Wirklich?« sagt die Oma. »Ja«, sagt der Opa, »und weißt du was, morgen früh gehst du gleich in die Apotheke und holst das Zeug!«
Die Oma geht am nächsten Morgen in die Apotheke: »Guten Morgen, Herr Apotheker! Ich habe gehört, es gibt da so ein Mittel, daß man wieder so richtig kann – wie früher. Ich weiß aber nicht, wie's heißt!«
»Ja«, sagt der Apotheker, »da hab' ich was für Sie – Rizinus!« – »Ja«, sagt die Oma, »kann schon sein, geben Sie's mir mal mit!« Die Oma kommt nach Hause. Der Opa wartet schon, hat bereits 'n Eßlöffel parat, und sie hauen sich beide 'n Eßlöffel voll rein. Danach ab ins Bett.

Nach 10 Minuten: Die Oma reißt die Decke weg, rennt übern Flur – 10,2 auf 100 Meter – ab in die Toilette. Nach 'ner halben Stunde kommt die Oma raus und sagt zum Opa: »Du, Opa, das Zeug is 'ne Wucht! Haste gesehen, ich bin wieder gelaufen wie 'ne 18jährige!«
Sagt der Opa: »Das is noch gar nichts! Ich hab' ins Bett geschissen wie 'n 2jähriger!«

■

Ein Mann kommt zum Arzt und klagt: »Ich habe Potenzschwierigkeiten.«
»Da sind Sie bei mir an der richtigen Adresse. Ich habe gerade eine Pille entwickelt, mit der können wir Ihr Problem sofort lösen.« Der Mann ist total begeistert. Sagt der Arzt: »Ja, aber es gibt zwei Dinge, die sie berücksichtigen müssen: Erstens funktioniert diese Pille nur 3 x in 24 Stunden, und zweitens müssen Sie wissen, daß er kommt, wenn Sie ›hau-ruck‹ sagen, und bei ›pssst‹ ist es wieder vorbei.«
Er läßt sich die Pille geben. Und neugierig, wie er ist, probiert er sie gleich aus. »Hau-ruck«, und er kommt, und »pssst«, und er ist wieder weg. Auf dem Weg nach Hause kommt er an einer Baustelle vorbei. Gerade in diesem Augenblick schreit der Polier vom Dach: »Hau-ruck!«
Er sofort: »Pssst«, hält sich die Ohren zu und läuft schnell nach Hause.
Daheim begrüßt er sofort seine Frau: »Schatzi – alles bestens – alles funktioniert – schnell ins Schlafzimmer.« Sie zieht sich aus und legt sich ins Bett. Er stellt sich nackt vor sie und sagt: »Hau-ruck!«
Darauf seine Frau: »Psssst, die Kinder schlafen.«

Andere Länder, andere Sitten

Ein Allgäuer wandert in die USA aus. Nach Jahren kehrt er zurück in die Heimat, besucht dort seine gesamten Verwandten und auch seinen damaligen besten Freund.
Der lädt ihn zur Versammlung der Feuerwehr ein. »Komm mit, dort kannst du jede Menge alte Freunde und Bekannte treffen.«
Der »amerikanische« Allgäuer willigt ein, aber unter einer Bedingung: »In Amerika gibt man gerne an. Ich hab' mir das auch schon angewöhnt. Wenn ich also heute abend ziemlich große Sprüche klopfe, dann trittst du mir unter dem Tisch ans Schienbein. Okay?«
Der Freund bejaht, und die beiden gehen auf die Versammlung der Feuerwehr. Dort beschließt man, ein neues Feuerwehrhaus im Ort zu bauen.
Da sagt der »amerikanische« Allgäuer: »Wir in Amerika haben ein gigantisches Feuerwehrhaus. Das ist 200 Meter lang und 300 Meter breit und . . .« – Der Freund tritt ihm ans Schienbein. Darauf der »amerikanische« Allgäuer kleinlaut: ». . . und einen Meter hoch!«

Olympiade: Entscheidung im Hammerwerfen.
Ein Amerikaner betritt den Ring, schleudert den Hammer 98 Meter weit. Neuer Weltrekord!
Ein Raunen im Stadion, der Reporter rennt gleich zum Amerikaner und interviewt ihn:
»Sensationell, wie haben Sie das gemacht?«
Der Amerikaner: »Mein Großvater war Holzfäller, mein Vater war Holzfäller und ich auch, da hat man viel Kraft in den Armen.«
Dann betritt ein Russe den Ring, schleudert den Hammer 102 Meter weit. Der Reporter rennt gleich hin: »Wahnsinn, schon wieder neuer Weltrekord, wie haben Sie das gemacht?«
Sagt der Russe: »Das ist ganz einfach: Mein Großvater war Bergarbeiter, mein Vater war Bergarbeiter und ich auch, da hat man viel Kraft in den Armen.«
Da betritt der Österreicher den Ring und schleudert den Hammer über das Stadion hinweg.
»Wie haben Sie das geschafft?« staunt der Reporter.
Sagt der Österreicher lässig: »Mein Großvater hat nichts gearbeitet, mein Vater hat nichts gearbeitet, und der hat mir immer gesagt: ›Wenn sie dir einen Hammer in die Hand drücken, dann wirf ihn soweit weg wie du kannst.‹«

■

Nach der Grenzöffnung sind die Sachsen in Bayern scharenweise eingefallen, denn sie sind nun einmal ein sehr reisefreudiges und wanderliebendes Volk.
Ein Sachse geht also gemächlich im Bayerischen Wald den Berg hoch.
Kommt ihm ein Bayer entgegen: »Grüß Gott!«
Sagt der Sachse: »So weit wollte ich eigentlich nicht gehen.«

Zwei Urlauber gehen zum Bergsteigen in die Sächsische Schweiz. Beide klettern über die Felsen, plötzlich rutscht der eine ab und kann sich gerade noch an den Hosenträgern des anderen festhalten.
Als er so über dem Abgrund baumelt, fängt er auf einmal an zu lachen. Sagt der andere: »Ja, warum lachst du denn so?«
Grinst der, der am Hosenträger hängt: »Ja, wenn ich jetzt loslasse, kriegst du die Dinger voll in den Mund!«

■

Der Huber-Bauer fährt mit seinem Nachbarn in die Berge auf Urlaub.
Am dritten Tag beschließen sie, zur Gamsjagd zu gehen. Sie brechen also schon vor dem Morgengrauen auf: Jeder mit einem großen Rucksack, das Gewehr umgehängt, eine ordentliche Ration Schnaps dabei, falls es zu kalt wird. Beim Aufstieg frieren sie schon ziemlich, und sie nehmen einen kräftigen Schluck aus der Flasche. Als sie die Waldgrenze erreichen, trinken sie noch einen Schluck, und als es so richtig steil bergan geht, stärken sie sich wieder mit einem großen Schluck.
Als sie endlich oben ankommen, haben sie schon einiges intus. Meint der Huber-Bauer: »Weißt du was, wir lassen unsere Rucksäcke einfach hier stehen, dann müssen wir die schweren Dinger nicht mitschleppen, nachher kommen wir ja eh wieder hier vorbei!«
»Ja«, sagt der Nachbar, »da hast recht, das ist eine gute Idee!« Sie steigen weiter ins Geröll.
Auf einmal sagt der Huber-Bauer: »Schau, da kommen zwei Gemsen direkt auf unsere Rucksäcke zu!«
»Los«, sagt der Nachbar, »die schnappen wir uns!« Sie nehmen ihre Gewehre, legen an, Schüsse krachen, die Gemsen springen nach links und rechts davon.
Huber-Bauer meint: »Haben wir sie erwischt?«
Der Nachbar: »Weiß nicht, schauen wir halt

mal nach!« Sie gehen zu ihren Rucksäcken. Die Gemsen sind weg. Aber im Rucksack vom Nachbarn ist ein riesiges Loch.
Sagt der Huber-Bauer: »Da hast du aber Glück gehabt!«
Der Nachbar: »Wieso Glück?«
Huber-Bauer: »Ja, wenn du den umgehabt hättest, wärst jetzt du hin gewesen!«

■

Zwei Nullen gehen in der Wüste und treffen eine Acht. Schubst die eine Null die andere: »Guck mal, ist die blöd, bei der Hitze trägt die einen Gürtel!«

■

Ein Engländer, ein Deutscher und ein Österreicher unterhalten sich über die größten Errungenschaften ihres Heimatlandes.
Sagt der Engländer: »Wir haben die Fernbedienung für den Fernseher erfunden. Man drückt drauf und die Programme ändern sich, ohne daß man aufstehen muß.«
Da sagt der Deutsche: »Ja, das ist doch gar nichts! Wir haben das Fernglas erfunden. Ganz genial: Man schaut durch, und man sieht die Leute ganz nah, obwohl sie in Wirklichkeit weit, weit weg sind.«
Sinniert der Österreicher: »Aber das ist ja alles nichts im Vergleich zu unserer Errungenschaft! Wir haben nämlich die Thermoskanne erfunden. Im Sommer, wenn es heiß ist, gibt mir meine Frau die Thermoskanne mit in die Arbeit, und der Tee ist kalt. – Im Winter, wenn es kalt ist, füllt sie die Suppe hinein, und die Suppe ist den ganzen Tag heiß. – Und jetzt frag' ich euch: Woher weiß die Thermoskanne, wann Sommer und wann Winter ist?«

■

Ein Preuße kommt zum ersten Mal im Leben nach München. Da er sich überhaupt nicht

auskennt, fragt er einen Taxifahrer: »Entschuldigen Sie bitte! Können Sie mir sagen, wo man hier was erleben kann?«
»Ja«, sagt der Taxifahrer, »da gehst ins Hofbräuhaus, stellst dich auf'n Tisch 'nauf und sagst: ›Ich bin a Preiß!‹. Und dann kannst was erleben!«

■

Ein Ehepaar auf dem Hauptbahnhof. Bis zur Abreise ist noch etwas Zeit, und so schauen sie sich um und entdecken eine supermoderne Waage.
»Du«, sagt der Mann zu seiner Frau, »da wiegen wir uns, dann wissen wir wenigstens, wieviel wir im Urlaub zugenommen haben.«
Der Mann stellt sich auf die Waage. Er schmeißt oben ein Zehnerl rein, und schon kommt unten ein Zettel heraus: »Sehr geehrter Herr Wagner. Sie kommen aus Regensburg, wollen nach München, wiegen 92 Kilo; wir wünschen angenehme Reise.«
»Unglaublich. – Stell du dich mal drauf!« Seine Frau stellt sich auf die Waage, schmeißt oben ein Zehnerl rein, und schon kommt unten ein Zettel heraus: »Sehr geehrte Frau Wagner. Sie kommen aus Regensburg, wollen nach München, wiegen 68 Kilo; wir wünschen Ihnen eine angenehme Reise.«
Sagt der Mann: »Sakridi! Das gibt's doch gar nicht. Weißt du was? Die Waage tricksen wir jetzt aus. Jetzt stellen wir uns zusammen drauf.«
Die beiden stellen sich auf die Wage, schmeißen oben ein Zehnerl rein, kommt unten ein Zettel heraus: »Ihr seid's zwei Rindviecher, denen grad der Zug weggefahren ist!«

■

Macht ein Preuße eine Bergtour. Kommt auf eine Alm. »Ein Wahnsinn!« sagt er überwältigt.
Auf der Bank sitzen ein Bub und sein Großvater.
Preuße: »Schönen guten Tag zusammen.«
Großvater: »Bua, was hat er g'sagt?«

Bua: »Ja, grüaß di.«
Großvater: »Ach so.«
Preuße: »Ach, diese herrliche Luft und dieses Panorama!«
Großvater: »Bua, was hat er g'sagt?«
Bua: »G'fallen tut's eahm.«
Großvater: »Ach so.«
Preuße: »Vor 15 Jahren war ich schon mal hier. Hab 'ne Sennerin geliebt. Die war 'ne Wucht.«
Großvater: »Bua, was hat er g'sagt?«
Bua: »D' Mama kennt er a.«

■

Einer hat im Preisausschreiben eine Schiffsreise gewonnen. Und weil er so etwas noch nie miterlebt hat, ruft er seinen besten Freund an: »Du, du mußt mir unbedingt weiterhelfen, du bist doch so erfahren, ich hab nämlich eine Kreuzfahrt gewonnen, und weiß jetzt überhaupt nicht, was ich da alles mitnehmen soll.«
»Ja, auf jeden Fall brauchst du einen Smoking, weil, wenn du zum Kapitäns-Dinner eingeladen wirst und beim Kapitän am Tisch sitzen sollst, dann mußt du ja was gleichschau'n, also nimmst an Smoking mit.
Ja, und wenn du noch nie auf See warst, dann brauchst unbedingt Übelkeitstabletten, weil sonst hast du von der ganzen Reise nichts.
Ja, und außerdem gibt es da immer so hübsche Mädchen an Bord, da lernst bestimmt ein paar kennen. Und da nimmst du dir sicherheitshalber Kondome mit, nicht, daß du dann nicht zum Zug kommst, weil du nicht darauf eingerichtet warst.«
Er macht sich gleich auf den Weg, geht zum Kostümverleih und leiht sich einen Smoking aus. Anschließend spaziert er gleich in die nächste Apotheke und sagt zum Apotheker: »Ich möchte gern 200 Übelkeitstabletten und 200 Kondome.«
Der Apotheker schaut ihn mit großen Augen an: »Ja, Mensch, wenn Ihnen jedesmal davon so schlecht wird, warum lassen Sie es dann nicht?«

Auf dem Oktoberfest hört man vor einer Schaubude einen Chinesen laut ausrufen:
»Kommen Sie lan, kommen Sie lein, hiel elwaltet Sie eine Liesenattlaktion! Kommen Sie lan, kommen Sie lein, so etwas haben Sie noch nie gesehen! Kommen Sie helein, stlömen sie helan, eine Liesenattlaktion!«
Neugierig versammeln sich immer mehr Menschen vor der Schaubude.
»Liesenattlaktion . . . kommen Sie lan, kommen Sie lein.«
Die Leute stürmen an die Kasse, bezahlen und nehmen in dem kleinen Zelt Platz.
Im Vordergrund ist eine Bühne aufgebaut. Der Vorhang öffnet sich. Muxmäuschenstille im Publikum.
Der Scheinwerfer erleuchtet einen kleinen Chinesen: »Rrrrrrrrrrrrrrrrrrrrrrrrr!«

Ein Hochhaus steht in Flammen. Auf dem Dach stehen die Gäste und warten darauf, daß sie gerettet werden, denn die Fluchtwege nach unten sind alle abgeschnitten. Die Feuerwehr kommt und breitet das Sprungtuch aus.
Da springt der erste, ein Amerikaner.
Die Feuerwehrleute sehen das und sagen sich: »Um den Ami ist es nicht schad'!«, ziehen das Tuch weg, und der Ami ist hin.
Der zweite, ein Franzose, springt. Die Feuerwehrleute sehen ihn: »Um den Franzos' ist es auch nicht schad'!«, ziehen das Sprungtuch wieder weg, und der Franzose ist hin.
Der dritte, ein Österreicher, hat alles mit angesehen und schreit hinunter: »Gell, mit mir nicht! Das Sprungtuch schön am Boden ausbreiten und alle fünf Meter zurücktreten!«

Ein Engländer, ein Franzose und ein Bayer sind beieinander gesessen.
Sagt der Engländer: »Wir haben die schwierigste Sprache. Wir scheiben *London* und sprechen *Landen.*«
Darauf sagt der Franzose: »Unsere Sprache ist noch schwieriger. Wir schreiben *Bordeaux* und sprechen *Bohrdo.*«
Da sagt der Bayer: »Was wollt ihr denn, unsere Sprache ist noch viel schwieriger. Wir schreiben *wie bitte* und sagen *ha!*«

■

Ein Preuß' und ein Bayer stehen vor dem Hohen Gericht und werden zu 25 Stockhieben verurteilt. Weil der Richter aber doch ein bißchen gnädig ist, sagt er, daß jeder vorher noch einen Wunsch frei hat.
Der Preuß' wünscht sich, daß sein Rücken mit Schweineschmalz eingerieben werden soll, damit er die Stockhiebe nicht so arg spürt. Dann wird die Strafe vollzogen, und der Preuß' kriegt also seine 25 Stockhiebe.
Danach wird der Bayer nach seinem Wunsch gefragt. Er überlegt kurz und meint: »Wenn ihr mir den Preußen auf den Rücken binden könntet . . .«

■

Der Sepp hat sich aus Paris eine Braut mitgebracht. Am Morgen nach der Hochzeitsnacht kommt er stinksauer die Treppe herunter, setzt sich an den Frühstückstisch und haut auf den Tisch. »Ich laß mich scheiden!«
Darauf der Vater: »Aber du hast die Französin doch gestern erst geheiratet. Jetzt kannst du dich heute doch nicht schon wieder scheiden lassen.«
»Die war noch Jungfrau!«
Der Vater grübelt einige Zeit und sagt dann: »Bua, recht hast! Was die anderen net wollen, des wollen mir a net.«

Gehen zwei Bayern ins Wirtshaus einen Rettich essen. Der eine greift zum Salzstreuer, schüttelt ihn, nichts kommt. Schüttelt ihn energischer – Fehlanzeige. Schließlich grantelt er: »Sakradi, der verstopfte Hund, der!«
Da greift sich der andere den Salzstreuer und klopft ihn dreimal kräftig auf den Tisch. Vergeblich, das Salz will nicht 'raus.
Kaum haben die beiden ihren Rettich ungesalzen verdrückt, setzt sich ein Preuß' an den Tisch. »Ich hätte gerne einen Rettich«, bestellt er.
Der Rettich kommt, der Preuß' greift zum Salzstreuer. Während die beiden Bayern schon hämisch grinsen, greift der Preuß' zum Zahnstocher und durchstößt die Löcher im Salzstreuer. Verblüfft schauen sich die beiden Bayern an. Sagt der eine: »Sakradi, leiden mog' i's ja net, die Preißn, aber technisch san's uns überlegen.«

Steirisch-Kärntner-Grenzkrieg.
Auf der einen Seite liegt ein Steirer direkt an der Front, auf der anderen Seite ein Kärntner, dazwischen ein Bach. Die beiden liegen schon ein paar Tage dort. Langsam wird es dem Steirer zu langweilig, er überlegt: »Was könnte der Kärntner sein?« Er überlegt hin und her und denkt: »Vielleicht ist er von der Artillerie?« Er überlegt weiter: »Wie soll ich Artillerie darstellen?« Der Steirer steht auf und zeigt dem Kärntner eine Kanonenkugel.
Der Kärntner steht auf, schaut und duckt sich wieder.
Da denkt der Steirer: »Bei der Artillerie ist er nicht. Wo könnte er sonst sein? Vielleicht ist er bei der Marine? Wie könnte ich das darstellen?« Er steht auf und macht Schwimmbewegungen. Wieder steht der Kärntner auf, schaut und duckt sich wieder. Der Steirer denkt: »Bei der Marine ist er auch nicht, wo könnte er sonst noch sein? Vielleicht ist er ja Funker?« Er steht auf und macht Würge-Bewegungen. Da springt der

Kärntner auf und läuft in die Kaserne.
Der Hauptmann ganz verwundert: »Was ist los?«
»Morgen in der Früh, wenn die Sonne aufgeht, schwimmen die Steirer rüber und würgen uns!«

■

Ein Amerikaner, ein Schweizer und ein Österreicher treffen sich einmal im Jahr, um über ein bestimmtes Thema zu plaudern. Dieses Jahr ging es darum, wer von ihnen der faulste sei.
Der Amerikaner: »Ich ging letzte Woche durch eine Gasse, da lag eine Geldbörse mit 5000 Dollar, und ich war zu faul, mich zu bücken.«
Der Schweizer: »Das ist gar nichts! Ich ging die letzten zwei Wochen mit offenen Schuhbändern, ich flog täglich auf die Nase, aber ich war zu faul, sie zuzumachen.«
Darauf der Wiener: »Ich ging gestern in den Film ›Doktor Schiwago‹ und habe vier Stunden gebrüllt.«
Der Schweizer: »Der Film ist aber nicht zum Brüllen!«
Der Wiener: »Ist er auch nicht, aber ich habe mir beim Hinsetzen die Finger eingeklemmt und war zu faul, um aufzustehen.«

Himmlisches

Der Seppi geht zum ersten Mal zum Beichten. Er betritt den Beichtstuhl. Da sieht er die goldene Uhr des Pfarrers liegen, der sie hingelegt hat, um zu sehen, wie lange eine Beichtstunde dauert. Der kleine Seppi schiebt die Uhr gleich in seinen Hosensack.

Als während der Beichte das Gebot vom Stehlen drankommt, sagt der Seppi: »Herr Pfarrer, ich habe gestohlen.«

Sagt der Pfarrer: »Ja, Seppi, was hast du gestohlen?«

»Eine Uhr habe ich gestohlen.«

Darauf der Pfarrer: »Die mußt du wieder zurückgeben.« Da langt der Seppi in seinen Hosensack, holt die Uhr heraus und will sie dem Pfarrer hinübergeben.

Sagt der Pfarrer: »Nein, nein, mir brauchst du sie nicht geben, die mußt du dem geben, dem du sie gestohlen hast.« – »Herr Pfarrer, der will sie ja nicht mehr.« – Darauf der Pfarrer: »Dann darfst du sie behalten.«

Ein Mann kommt in den Himmel, verbringt dort einige Zeit, aber allmählich wird's ihm langweilig. Er reicht bei Petrus Urlaub ein, und zwar will er in die Hölle, mal sehen, wie's dort so ist.
»Aber, mein guter Mann, das geht doch nicht«, sagt Petrus, aber weil der Mann keine Ruhe gibt, gibt er ihm 14 Tage Urlaub.
Pünktlich nach 14 Tagen ist der Mann wieder da.
»Petrus«, sagt er, »das ist ja fabelhaft dort: Jeden Tag ein Frühstücks-Buffet, zu Mittag drei Gänge-Menü und Wahl zwischen zwei Menüs – gestern zum Beispiel gab's entweder Schweinshaxe oder vegetarisches Essen, als Nachspeise Rum-Trüffel-Eis, und am Abend gibt's trockenen Weißwein zum Essen. Und hier heroben? Morgens Kaffee mit Butterbrot, mittags Streichwurstbrot, abends Streichwurstbrot . . .«
Schüttelt Petrus den Kopf und sagt: »Glaubst, ich koch' für uns zwei?«

In der Ex-DDR hatte ein Mann einen Papagei, der war ziemlich politisch. Er flog täglich ans Fenster und kreischte hinaus: »Honecker raus, Mauer runter!«
Das ging ein paar Wochen gut, dann hat ihn natürlich jemand bei der Stasi verpfiffen. Ein Freund aber hatte davon Wind bekommen und warnte den Mann: »Du, die wollen deinen Papagei abholen und köpfen!«
Dann gibt er ihm aber den Tip, daß der Pfarrer, der gegenüber wohnt, auch einen Papagei hat, der aber nichts sagt.
Also geht der Mann zum Pfarrer und bittet ihn, die Papageien zu tauschen. Am nächsten Tag kommen prompt zwei Stasi-Beamte und wollen den Papagei auf frischer Tat ertappen. »Na, sag mal«, sagt der erste Beamte, »wie ist das mit Honecker und der Mauer?« Der Papagei schweigt. Sagt der zweite Beamte: »Los, sag mal: Honecker raus, Mauer runter!«
Daraufhin der Papagei: »Der liebe Gott erhöre sein Seufzen!«

Eine alte Frau schreibt an den Herrgott einen Brief:
»Lieber Gott, sei doch so gut und schick mir 100 Mark.«
Der Brief landet versehentlich beim Finanzamt. Die Beamten haben Mitleid mit der alten Frau und beschließen, für sie Geld zu sammeln, und es kommen 70 Mark zusammen. Die schicken sie der Frau.
Die Frau freut sich, setzt sich hin und schreibt sofort einen Brief zurück: »Lieber Gott, vielen Dank für die 100 Mark. Aber beim nächsten Mal schick bitte den Brief nicht mehr übers Finanzamt – die Lumpen haben mir doch glatt 30 Mark abgezogen!«

Ein Pfarrer ist zu einem Kongreß unterwegs. Begleitet wird er von seinem Kaplan, der auch das Auto fährt. Es ist ein irrsinnig heißer Tag. Unterwegs kommen sie an einem einsamen See vorbei. Der Kaplan schlägt ein erfrischendes Bad vor.
»Aber, Herr Kaplan, wir haben doch keine Badehosen dabei«, wendet der Pfarrer ein.
»Das macht nichts«, meint der Kaplan, »wir gehen eben ins Wasser, wie Gott uns geschaffen hat.« Gesagt getan.
Wie's der Teufel will, bleibt bald darauf ein Bus mit Ausflüglern ebenfalls an dem See stehen. Pfarrer und Kaplan wollen gerade aus dem Wasser steigen, weil sie weiter müssen. Was tun?
Der Kaplan schlägt vor, die Hände vorzuhalten. Der Pfarrer hält sich schamhaft die Hände vor sein edles Teil und steigt aus dem Wasser.
»Nein, nein, Herr Pfarrer, das G'sicht müssen'S abdecken, da unten erkennt Sie eh keiner.«

Der Kare und der Lucki kommen in den Himmel.

Petrus empfängt sie an der Himmelstür: »Bevor ich euch hineinlasse, müßt ihr mir zunächst einmal erklären, was ein Wunder ist.«

Sagt der Kare: »Wenn man mit der Schöpfkelle ein ganzes Meer ausschöpft – das ist ein Wunder!«

Meint der Petrus: »Das ist eine große Arbeitsleistung, aber ein Wunder ist das nicht.

Und du, Lucki, sag' du mir, was ein Wunder ist.«

»Wenn ich mit Hammer und Meißel das ganze Gebirge abmeißeln würde, so daß es ganz eben ist – das ist ein Wunder!«

»Nun Lucki«, sagt Petrus, »das ist eine noch größere Arbeitsleistung, aber ein Wunder ist das auch keins.«

Da fragen die beiden den Petrus: »Ja sag' mal, was ist dann überhaupt ein Wunder?«

Darauf Petrus: »Wenn der Gerd Rubenbauer, jetzt und hier, für alle im Fernsehstudio eine Runde Schnaps ausgeben würde. Das wäre ein Wunder!«

■

Der Huberbauer trifft einen alten Freund wieder, und sie unterhalten sich über ihre Familien.

»Naja«, sagt der Huberbauer, »acht Kinder habe ich, aber mein Jüngster kann nicht sprechen.«

»Mei«, sagt der Freund, »warum fahrst du mit ihm nicht nach Lourdes. Man hört doch, daß da Wunder passieren. Lahme können wieder gehen und Blinde wieder sehen. Geh zu, fahr doch mal hin und tauch ihm den Kopf ins Wasser, vielleicht hilft's.«

»Also gut«, denkt sich der Huberbauer, nimmt seinen Buben und fährt mit ihm nach Lourdes. Dort taucht er ihm den Kopf dreimal unter Wasser. Da schreit der Bub: »Geh Vater, spinnst du! Du bist doch ein Blödmann!«

Voller Freude ruft der Huberbauer seine Frau

daheim an: »Unser Bub kann wieder sprechen! Ich habe ihn dreimal unter Wasser getaucht, und da hat er geschrien: ›du Blödmann, du‹.«
»Ja«, sagt sie, »du bist auch ein Blödmann, du hast nämlich den Falschen mitgenommen!«

■

Der Huberbauer macht eine Reise nach Israel und kommt auch an den See Genezareth. Dort entdeckt er einige Boote und fragt den Bootsverleiher:
»Sie, entschuldigen Sie! Was kostet denn eine Stunde auf dem See mit dem Paddelboot?«
Der Bootsverleiher: »Eine Stunde kostet 30 Mark.«
»Was?« sagt der Huberbauer. »Eine Stunde – 30 Mark?! Bei uns auf dem Starnberger See kostet eine Stunde 10 Mark.«
»Nun«, sagt der Bootsverleiher, »das ist ja auch der See Genezareth. Da ist der liebe Heiland zu Fuß rübergegangen!«
»Ja«, sagt der Huberbauer, »das glaub' ich gleich – bei den Preisen!«

■

Kommen ein Jäger, ein Angler und ein Politiker in den Himmel. Alle drei müssen allerdings erst den Sumpf der Lüge durchwaten, bevor sie an die Himmelstür kommen.
Zuerst macht sich der Jäger auf den Weg über den Sumpf der Lüge – und sinkt bis zum Bauchnabel ein. »Kein Wunder – das hast' jetzt von deinem Jägerlatein«, denkt sich der Jäger, dreht sich nach dem Angler um und sieht, daß der nur bis zu den Knöcheln im Sumpf steckt:
»Das gibt's doch nicht«, ruft der Jäger dem Angler zu. »Ich saß doch früher immer neben dir am Stammtisch und hab' mir die ganze Zeit deine Angeberei anhören müssen. Du hast doch aus jedem Hering sooooo einen großen Hecht gemacht.«
»Pssssssst«, sagt der Angler, »ich steh' auf dem Politiker.«

Jesus und Petrus vertreiben sich die Zeit mit Golfspielen. Petrus locht in drei Schlägen ein, Jesus holt aus – und setzt den ersten Schlag voll daneben. Da packt eine Maus den Ball, eine Katze packt die Maus, und ein Adler die Katze. Als der Adler gerade über dem Golfloch kreist, fährt plötzlich ein Blitz vom Himmel herab, den Adler, die Katze und die Maus zerreißt's, und der Ball fällt genau ins Loch.
Sagt der Petrus: »Also, Chef, entweder tun wir blödeln, oder wir spielen Golf.«

Kunst

Der Schauspieler Hans Moser hatte früher eine Haushälterin, die Karolin, die war eine richtige Perle. Sie hat ihm die Fenster geputzt, hat für ihn gekocht, gebügelt, also die war immer da für ihn!
Eines Nachts ist der Hans Moser betrunken nach Hause gekommen. Er war sternhagelvoll! Die Karolin war schon längst ins Bett gegangen und hat schon geschlafen.
Der Moser zieht vor der Tür die Schuhe aus, schleicht sich im Dunkeln in die Wohnung, geht durchs Wohnzimmer . . .
Auf einmal wird die Karolin durch einen gewaltigen Krach und Glasklirren aus dem Schlaf gerissen. Sie springt auf, stürzt ins Wohnzimmer . . .
Da sitzt der Hans Moser im Wohnzimmer auf dem Fußboden – das Aquarium total zerschlagen – hält einen Goldfisch in der Hand und sagt: »Na, dir werd' ich's geben! 's Herrchen schnappen!«

Ein Opernsänger verspürt zwischen dem zweiten und dritten Akt ein menschliches Bedürfnis und sucht die Toilette auf. Dabei trällert er vor sich hin: »Es geht alles vorüber, es geht alles vorbei . . .«
Aus der Nachbartoilette eine Stimme: »Sie Ferkel, dann setzen Sie sich doch richtig auf die Brille drauf!«

■

Einer kommt zum Pfarrer, um zu beichten. Nach der Beichte fragt der Pfarrer den Mann: »Sie sind aber nicht von hier? Ich kenne Sie ja gar nicht.«
Darauf der Mann: »Genau, ich gehöre zu dem Wanderzirkus, der gerade hier gastiert.«
Sagt der Pfarrer: »Ich war auch einmal ein großer Zirkusfreund, aber bei meiner großen Gemeinde komme ich gar nicht mehr dazu, in den Zirkus zu gehen. Was machen Sie denn da?«
»Ja, ich bin Bodenakrobat.«
»Was, Bodenakrobat? Das habe ich immer so gerne gesehen. Wenn ich bloß Zeit hätte, ich würde gerne hingehen. Was machen Sie denn da genau?«
»Salto mortale am Boden, Salto vorwärts, Salto rückwärts. Ich würde Ihnen ja gerne mal etwas zeigen, wenn Sie etwas Zeit hätten.«
»Zeit habe ich eigentlich keine. Aber wissen Sie, was Sie machen könnten: Sie könnten vor zum Altar gehen, da haben wir einen schönen, großen Teppich. Da könnten Sie mir ein paar Kunststücke zeigen.«
»Ja freilich, Hochwürden.« Also macht er einen Salto vorwärts, Salto rückwärts, einen doppelten Überschlag . . .
Hochwürden schaut ihm ganz begeistert zu. Und wie er so zuschaut, da sieht er, wie die Huberbäuerin, die zum Beichten kommen wollte, gerade wieder gehen will.
Sagt er: »Bleib nur, Huberbäuerin, du kommst gleich dran.«

Darauf die Huberbäuerin: »Hochwürden, wenn Sie solche Bußen aufgeben, da muß ich mir schon zuerst noch eine Hose anziehen!«

■

Gehen zwei ins Theater. Kurz vor Beginn der Vorführung druckst der eine auf einmal rum. »He, ich muß unbedingt mal, ich halt's kaum noch aus. Laß mich raus.«
Saust runter, über die Treppe, reißt die Tür auf, sieht einen Baum, öffnet die Hose und pinkelt. Als er sich wieder neben seinen Spezl setzt, fragt er: »Du, hab' ich was versäumt? Was ist denn passiert?«
Sagt der Spezl: »Das mußt du doch besser wissen. Du warst doch auf der Bühne.«

Zwei Freunde verabreden sich in der Alten Pinakothek, um sich die Bilder anzuschauen. Sagt der eine: »Paß auf, jeder will sich doch ein bißchen was anderes anschauen. Am besten, wir trennen uns und treffen uns nach zwei Stunden am Eingang wieder.«
Die beiden trennen sich, der eine geht durch die ganze Galerie, und schaut sich alles interessiert an. Als er nach zwei Stunden, wie verabredet, zurückkehrt, sieht er, daß sein Freund immer noch am ersten Bild steht.
»Ja, was ist denn mit dir los? Ich hab' mir schon alles angeschaut, und du stehst immer noch vor dem ersten Bild.«
Der andere starrt das Bild weiter an: »Ich komm' von dem Bild einfach nicht los. Jetzt schau dir das mal genau an: Da steht ein Mädchen, die hat den Schlüpfer so halb am Knie hängen, und ich bin ständig am Überlegen, ob die den gerade an- oder auszieht.«
»Aber das ist doch ganz einfach«, sagt der Freund, »die zieht den Schlüpfer an!«

»Wie kommst du denn darauf?« wundert sich der andere.
»Da steht's doch – neben dem Bild: ›Nach einem Stich von einem alten Meister‹.«

Geld

Treffen sich zwei Kumpel. Sagt der eine zum anderen: »Du, kannst mir nicht helfen? Was soll ich bloß meiner Frau zum Geburtstag schenken?«
»Frag sie halt, was sie sich wünscht!«
»Nein, nein, so viel wollte ich nun auch wieder nicht ausgeben!«

■

Ein Ehepaar lebt glücklich und zufrieden. Eines Vormittags, der Ehemann ist in der Arbeit, da klingelt es. Sie macht die Tür auf und ein fremder Mann steht draußen.
Er: »Mein Name ist Ackermann.«
Sie: »Ja . . .? Und, was wollen Sie denn?«
Er: »Ich möchte mit Ihnen ins Bett gehen und zwar jetzt gleich.«
Sie: »Was, das ist ja unverschämt. Sie kommen daher, läuten und wollen mit mir ins Bett gehen. Das kommt überhaupt nicht in Frage!«
Er: »Ach, ich stelle mir das richtig schön vor. Und wenn ich Ihnen 1000 DM gebe?«
Sie überlegt: »Naja, das wäre ja eine Aufbesse-

rung der Haushaltskasse ...« Und so verschwinden sie im Schlafzimmer. Nachher verabschiedet er sich und geht. Am Nachmittag klingelt es wieder. Sie macht auf. Schon wieder steht er vor der Tür.
Er: »Ich bin's nochmal, der Ackermann. Der Vormittag war so wunderbar, könnten wir das nicht wiederholen?«
Sie: »Ich habe schon ein ganz schlechtes Gewissen, und Sie kommen schon wieder. Also das kommt überhaupt nicht in Frage.«
Er: »Und wenn ich Ihnen 2000 DM gebe?«
Sie: »Ach, 2000 DM, wenn ich's mir so recht überlege ...« Beide gehen ins Schlafzimmer. Anschließend verabschiedet sich Herr Ackermann und geht.
Abends sitzt das Ehepaar dann gemütlich beim Abendessen. Er fragt: »Sag mal, war heute der Ackermann da?«
Sie erschrickt: »Der Ackermann ...?«
Er: »Ja, der wollte mir doch die 3000 DM vorbeibringen, die ich ihm geliehen habe!«

Die Journalistin interviewt den Millionär: »Verraten Sie mir doch mal das Geheimnis Ihres Erfolges, wie sind Sie so reich geworden.«
Da überlegt der Millionär nicht lang:
»Ich habe ganz klein angefangen. So mit 14, 15 Jahren habe ich mir auf dem Markt für ein Fünferl einen Apfel gekauft. Den habe ich daheim sauber poliert und für ein Zehnerl weiterverkauft.
Dann habe ich das Zehnerl genommen und mir dafür 2 Äpfel gekauft. Die beiden habe ich daheim sauber poliert und für 20 Pfennig weiterverkauft.
Mit den 40 Pfennig bin ich auf den Markt und habe mir 8 Äpfel gekauft. Die habe ich daheim sauber poliert und für 80 Pfennig weiterverkauft.
Von den 80 Pfennig habe ich mir 16 Äpfel gekauft ...«
Da unterbricht ihn die Journalistin: »... und so ging das dann immer weiter.«
»Nein«, korrigiert der Millionär, »gerade als ich

mir die 16 Äpfel gekauft habe, ist mein Onkel gestorben, und ich habe 10 Millionen geerbt.«

■

Ein Mann geht in ein zwielichtiges Hotel und fragt: »Haben Sie noch ein günstiges Zimmer?«
»Ja, ja, freilich haben wir ein günstiges Zimmer«, sagt der Portier.
»Was kostet das denn?« – »Ja, 70 DM.« – »Ah, 70 DM, das nehme ich mit Vergnügen.«
Darauf der Portier: »Na, na, mit Vergnügen kostet es 140 DM!«

Facharzt Dr. Braun liegt im Sterben. Er ruft seine Gattin an sein Sterbebett und sagt:
»Elfriede, wir waren immer so sparsame Leute, ich bitte dich, gib nicht so viel Geld für meinen Grabstein aus.«
Einige Wochen später sieht man auf dem Friedhof einen kleinen Stein mit einem Emailleschild, auf dem steht: »Facharzt Dr. Braun. Sprechstunden täglich von 9.00 bis 11.00 Uhr.«

■

Ein Bauer kommt zu seiner Bank und möchte Geld abheben. Da sagt der Kassierer zu ihm: »Mein Gott, Volte-Bauer, warum läufst du eigentlich noch immer mit so einem Bündel Bargeld in der Gegend herum, wo's doch Schecks gibt! Das ist doch blödsinnig. Nimm doch lieber einen Scheck, wenn du etwas zahlen willst!«
»Was?« sagt der Bauer, »mit dem Zettel kann man zahlen?«

»Ja, natürlich«, meint der Kassierer. »Du mußt nur den Betrag einsetzen und unterschreiben, und die Sache hat sich!«
»Na gut, wenn das so einfach ist, dann mach' ich das!« Der Volte-Bauer nimmt das Scheckbuch und geht.
Als er in die Stadt kommt, sieht er in einem Schaufenster ein Kleid. Er überlegt: So ein schönes Kleid! Ich hab meiner Frau schon so lang kein Kleid mehr gekauft! Er geht ins Geschäft, kauft das Kleid und stellt einen Scheck aus.
In einem anderen Geschäft sieht er plötzlich ein tolles Moped, und ihm fällt ein: Mensch, das wär' doch was für meinen Sohn! Er geht ins Geschäft und fragt den Verkäufer:
»Nehmen Sie auch einen Scheck?«
»Ja, selbstverständlich«, sagt der Verkäufer. Der Bauer zahlt mit Scheck, verstaut das Moped auf seinem Anhänger und fährt heim.
So tätigt er in den nächsten Wochen seine Einkäufe.
Als er dann wieder einmal zu seiner Bank kommt, sagt der Kassierer: »Um Gottes willen, Volte-Bauer, bist du verrückt geworden? Dein Konto ist ja total überzogen! 500.000 Schilling im Minus! Was machen wir da?«
Sagt der Volte-Bauer: »Na, nimm halt einen Scheck!«

■

Ein Mann will sich einen Hut kaufen und geht in ein Geschäft. Die Verkäuferin zeigt ihm einige Modelle.
Er: »Was kostet denn der da?«
Sie: »120 Mark – echter Madagaskarfilz! Der ist topmodisch!«
Er: »Nein, das ist mir zu teuer!«
Sie: »Hier, in der nächsten Preisklasse zwischen 60 und 80 Mark haben wir eine Original-Hühnerschwanzbaumwolle – sehr strapazierfähig! Das wäre doch was für Sie!«
Er: »Ach nein, 60, 80 Mark, das ist mir eigentlich auch noch zu teuer!«

Sie: »Was wollen Sie denn ausgeben?«
Er: »Naja, ich denk' so an 25 Mark!«
Sie, leicht entrüstet: »Was? Da bekommen Sie ja höchstens eine Zipfelmütze dafür!«
Er: »Nein, nein! Es soll schon was für den Kopf sein!«

Sport und Jagd

Zwei Angler treffen sich. Da sagt der eine: »Gestern hab' ich Glück gehabt, ich hab' einen Hecht 'rausgefischt, der war über zwei Meter lang!«
»Das ist noch gar nichts!« meint der andere, »ich habe eine Laterne an Land gezogen, da hat noch das Licht gebrannt!«
Darauf der erste: »Das glaub' ich dir nicht, so brauchst du mich nicht anzulügen!«
»Also gut«, meint der andere, »wenn du bei deinem Hecht gut einen Meter wegnimmst, dann mach' ich bei meiner Laterne das Licht aus!«

Zwei bei einer Bergtour. Sie kommen an einer Gletscherspalte vorbei, da zeigt der eine hin und sagt:
»Stell dir vor, da ist letzthin mein Bergführer runtergefallen.«
»Mein Gott, das ist ja furchtbar!« sagt der zweite.
»Naja, so schlimm war's auch wieder nicht, da haben sowieso schon ein paar Seiten gefehlt.«

Treffen sich zwei Freunde. Sagt der eine:
»Du, du wolltest doch immer ein Pferd haben. Ich hab jetzt eines für dich, das schenk' ich dir.«
»Ach«, sagt der andere, »das ist aber toll! Du bist wirklich ein guter Freund.«
Der andere: »Es ist wirklich ein gutes Pferd. Wenn du um 6 Uhr in Leipzig losreitest, bist du um 7 Uhr in Halle!«
Am nächsten Tag bringt der Mann das Pferd wieder zurück.
»Ja, willst du denn das Pferd nicht?« fragt der Freund.
»Nee«, sagt der andere, »ich hab's mir überlegt, was will ich denn um 7 Uhr in Halle.«

Der Bauer hat für seine Hühner mal wieder einen jungen stattlichen Gockel gekauft. Der marschiert ganz stolz im Hof umher, als der alte Gockel, der ja auch noch lebt, ganz vorsichtig den Neuankömmling anspricht und ihn höflich bittet:
»Du, könntest du mir nicht bitteschön meine letzten drei Lieblingshennen lassen? Auf die möchte ich im Alter nicht verzichten!«
Beharrt der junge Gockel: »Nein, das geht überhaupt nicht, die gehören mir!«
»Ach, komm«, sagt darauf der alte Gockel, »ich mache dir einen Vorschlag: Machen wir ein Wettrennen, und zwar von da drinnen an der Stalltür, quer über den Hof, hinter dem Hühnerstall vorbei, bis zum Misthaufen.«
Denkt sich der junge Gockel: »Ja, locker, lässig, dem renn' ich ja dreimal davon.«
Sagt der alte: »Aber komm, fünf Meter Vorsprung kannst du mir ja lassen, oder?!«
»Ja freilich«, willigt der junge Gockel siegessicher ein.

»Also, los«, sagt der alte Gockel und rennt los. Der junge gleich hinterher. Als der ihn beinahe eingeholt hat, hört man auf einmal einen Schuß – der junge Gockel fällt maustot um. Dreht sich der alte Gockel um und sieht, wie der Bauer sich mit der Schrotflinte über den jungen Gokkel beugt und sagt:
»Herrschaftszeiten, das ist jetzt schon der dritte schwule Gockel, den ich in dieser Woche gekauft habe!«

■

Der Reinhold Messner war ja bekanntlich dabei, als man in den Tiroler Alpen den Similaun-Mann gefunden hat. Die Wissenschafter streiten sich nun mit dem Messner, wie alt der Mann wirklich ist.
Sagt der Messner: »Jetzt holen wir mal die Leute vom Geheimdienst, die wissen doch alles, einen vom CIA, einen vom BND . . . und wir können ja noch einen von der Stasi holen.«
Der Mann von der CIA untersucht den Gletschermann, kommt nach einer Weile wieder aus dem Zimmer und sagt: »Der Mann ist ungefähr 4000 Jahre alt, mehr können wir nicht feststellen!«
Geht der Mann vom BND rein. Nach 10 Minuten kommt er wieder raus: »Der Mann ist ungefähr 4000 Jahre alt, mehr können wir nicht machen!«
Geht der Stasi-Mann rein. Es dauert eine Stunde, es dauert zwei Stunden, nach vier Stunden kommt der Stasi-Mann wieder raus, krempelt sich die Ärmel runter und sagt:
»Der Mann ist genau 4325 Jahre alt.«
»Woher wissen Sie denn das?«
»Er hat es uns gesagt!«

■

Drei Jäger sind am Stammtisch gesessen und haben furchtbar angegeben, was sie so erlegt haben in letzter Zeit.
Hat der erste erzählt: »Also, ich hab' neulich

ein Wildschwein geschossen, da hat der Schmidt-Bauer mit dem Kran kommen müssen zum Wegtransportieren, so schwer war das.«
Hat der zweite gesagt: »Und ich hab' neulich einen Hirschen erlegt, da haben 20 Waldarbeiter erst einmal eine hundert Meter breite Schneise schlagen müssen, damit sie überhaupt den Hirschen mit seinem Geweih durchgebracht haben.«
Drauf der dritte: »Ach, das ist ja noch gar nichts, ich war neulich auf Entenjagd, da hab' ich aus Versehen einen Silberreiher geschossen; du, und wie der 'runtergefallen ist, da sind gleich 300 Leute 'rausgestiegen.«

Essen und Trinken

Zu einem Wirt, der eine schöne Gaststätte direkt neben einer berühmten Wallfahrtskirche hat, kommt mit einer Wallfahrtsgruppe ein Bekannter.
»Du hast ja die reinste Goldgrube hier. Ein Wirtshaus direkt neben der berühmten Wallfahrtskirche. Die Leute machen doch alle Brotzeit bei dir. Das muß doch einen Umsatz geben!«
Darauf der Wirt: »Den würde es schon geben, wenn alle zahlen würden, aber viele, viele beichten's nur.«

Ein junger Schotte geht am Abend mit seiner Freundin zum Essen aus. Die erste Frage des Vaters am nächsten Morgen beim Frühstück:
»Und, wieviel hast du gestern abend mit deiner Freundin verpraßt?«
Sohn: »Ein Pfund!«
Vater: »Das geht ja noch.«
Sohn: »Naja, mehr hatte sie auch nicht dabei!«

Ein Mühlviertler fährt nach Wien auf den Naschmarkt.
Er kommt zu einem Stand und sieht dort Kiwi, die er nicht kennt. Deshalb fragt er den Verkäufer: »Entschuldigen Sie, was sind denn das für Früchte, die habe ich bei uns noch nie gesehen?«
Darauf der Verkäufer: »Ja, das sind Kiwi, die werden ja auch eingeführt.«
Der Mühlviertler: »Ja, das habe ich mir gleich gedacht, daß man die nicht essen kann.«

■

Kommt einer in eine Wirtschaft. Sagt zum Wirt: »Bring mal 5 Bier und 5 Schnäpse.«
Der Wirt stellt ihm das hin, der Gast trinkt.
Der Wirt: »Möchtest du noch was?«
»Freilich, jetzt bringst du mir noch 4 Bier und 4 Schnäpse.« Der Gast trinkt.
Fragt der Wirt wieder: »Möchtest du noch was?«
»Freilich«, sagt der Gast, »jetzt bringst mir noch 3 Bier und 3 Schnäpse.«
Wie er die 3 Bier und die 3 Schnäpse so trinkt, sagt er: »Irgendwie ist das schon komisch, je weniger ich trinke, desto besoffener werde ich.«

■

Treffen sich zwei Freundinnen.
Sagt die eine: »Ja, sag' mal, was ist denn mit dir los? Du schaust ja gar nicht gut aus. Keine anständige Frisur, die Kleider sind auch nicht mehr die neuesten, richtig vergrämt schaust du drein!«
Beklagt sich die andere: »Ich halt' es nicht mehr aus mit meinem Mann. Er trinkt so schrecklich viel, unser ganzes Geld hat er schon vertrunken, wie sollen wir da jemals zu was kommen!«
»Naja, dann laß dich doch scheiden«, rät die Freundin, »dann bist du deine Sorgen los, kannst dir kaufen, was du willst.«

»Ja«, sagt die andere, »das überleg' ich mir.«
Nach einiger Zeit treffen sich die beiden wieder. Die, die sich so beklagt hat, steigt aus einem Super-Auto aus, hat einen teuren Mantel an, trägt plötzlich wertvollen Schmuck, hat eine schicke Frisur und sieht rundherum zufrieden aus.
»Na also«, sagt die Freundin, »hast du meinen Rat befolgt und dich scheiden lassen?«
»Ach wo«, meint die andere, »ich hab' bloß die leeren Flaschen zurückgebracht!«

■

Polizeikontrolle. Ein total betrunkener Autofahrer wird angehalten.
»Guten Abend, der Herr. Polizeikontrolle. Ihren Führerschein, bitte.«
Antwortet der Autofahrer lallend: »Tsuldigung, Herr Wachtmeister. Das tut mir leid, den hab' ich nicht.«
»Was, Sie haben keinen Führerschein? Dann zeigen Sie mir mal Ihren Personalausweis!«
»Oh, den hab' ich auch nicht dabei.«
Der Polizist regt sich immer mehr auf: »Sagen Sie mal, guter Mann, wie heißen Sie eigentlich?«
»Das kann ich Ihnen nicht sagen.«
»Wieso können Sie mir das nicht sagen?«
»Ganz einfach, Herr Wachtmeister: Ich gehöre doch zu den anonymen Alkoholikern!«

■

Zwei Freunde kommen aus einer Kneipe.
Sagt der eine: »Schau mal, was das für ein schöner, grüner Mond ist!«
Schaut der Freund 'rauf und sagt: »Der ist nicht grün, der ist blau.«
So streiten sie eine Weile, kommen aber zu keinem Ergebnis. Sie sehen, wie ein Polizist um die Ecke kommt.
»Warte mal«, sagt der eine. »Sie, Herr Polizeiwachtmeister, jetzt sagen Sie mal, ist der Mond grün oder ist der blau?«
Schaut der Polizist hinauf und sagt:

»Welchen meinen Sie denn, den rechten oder den linken?«

■

Ein paar Freunde waren ausgiebig in der Kneipe. Es ist ziemlich spät geworden, und Bier und Schnaps wurden reichlich getrunken. Als sie sich verabschieden, sagt einer: »Hoffentlich hab' ich jetzt keinen Ärger zu Hause.«
Am nächsten Abend in der Kneipe fragen ihn die anderen: »Na, und wie war's? Hat deine Frau sehr geschimpft?«
»Nein, nein, war nicht so schlimm, und die Vorderzähne sollten sowieso gezogen werden.«

■

Am Viktualienmarkt – dem Obstmarkt – bei uns in München steht eine Frau, die Rettiche verkauft.
Sie ruft: »Kaufts mir 'Radi o', kaufts mir 'Radi o', kaufts mir 'Radi o'!«
Kommt ein Amerikaner und sagt: »Wo? Wo? Geben Sie mir zwei so Radio. Was kosten die?«
– »Zwei Mark.«
Er gibt ihr zwei Mark und hält den Radi ans Ohr. Dann sagt er: »Aber dieses Radio geht gar nicht!«
Darauf die Frau: »Ach, iß sie halt, dann hörst du es schon!«

■

Kommt einer in ein Kaffeehaus und sagt zum Ober: »Entschuldigen Sie bitte, Herr Ober, ich hätte gern zwei Krapfen und einen kleinen Kaffee.«
Sagt der Ober: »Das tut mir sehr leid, mein Herr, aber die Krapfen sind uns leider ausgegangen!«
Gast: »Ach, das spielt überhaupt keine Rolle, bringen Sie mir halt zwei Krapfen und einen Tee!«

Ober: »Entschuldigen Sie bitte, aber haben Sie nicht gehört, die Krapfen sind aus! Die sind uns ausgegangen!«
Gast: »Das macht nichts! Bringen Sie mir halt zwei Krapfen und einen Kakao!«
Der Ober ist schon ziemlich ungehalten und wird immer lauter: »Sagen Sie mal, sind Sie verrückt? Ich habe Ihnen doch gesagt, die Krapfen sind aus!!!«
Gast: »Wenn Sie mich noch lange anschreien, dann packen Sie mir die Krapfen ein, und den Kakao trink' ich daheim!!«

■

Sagt der eine Saufkumpan zum anderen: »Du, stell dir das mal vor: Komm' ich gestern total nüchtern aus der Gastwirtschaft, tritt mir doch einer auf die Finger!«

Ein Preuße, ein Bayer und ein Württemberger sitzen im Bierkeller zusammen am Tisch. Jeder hat eine Maß Bier vor sich. Auf einmal fliegt jedem eine Fliege in den Maßkrug.
Was tut der Preuße? Er schüttet die Maß weg und bestellt sich eine neue.
Der Bayer langt hinein, holt die Fliege 'raus und trinkt weiter.
Der Württemberger holt die Fliege raus, setzt sie auf den Bierkrugrand, drückt ihr den Finger ins Genick und sagt: »Spuck's aus, aber alles!«

■

Ein altes Manderl geht immer zu dem gleichen Wirt und bestellt immer 3 Weißbier und 3 Schnapserl. Eines Tages fragt ihn die Bedienung doch einmal, warum er immer 3 Weißbier und 3 Schnapserl bestellt. Und darauf erklärt er ihr: »Das eine ist für meinen Freund in Straubing, das zweite für den Freund in Regensburg und das dritte für mich.«

Nach einer Woche ist der Stammgast wieder da und bestellt 2 Weißbier und 2 Schnapserl. Die Bedienung fragt ihn ganz mitleidig: »Ist einer Ihrer Freunde gestorben?«
»Na, na, des net«, sagt er, »der Arzt hat mir bloß das Saufen verboten!«

■

Ein Mann kommt ins Wirtshaus und bestellt ein Weißbier. Er trinkt aus, will zahlen, und der Wirt sagt: »Zwei Mark fünfzig, bitteschön.«
Der Gast macht seinen Geldbeutel auf, kramt 25 Zehnerln heraus, wirft sie auf den Boden und sagt zum Wirt: »Da, dein Geld, auf Wiedersehen.«
Vier Wochen später kommt dieser Gast wieder ins Wirtshaus. Er setzt sich, bestellt wieder ein Weißbier, beim Zahlen sagt der Wirt: »Zwei Mark fünfzig, bitteschön.« Der Gast gibt ihm einen Fünfer. Denkt der Wirt: »Jetzt hab' ich dich, Bürscherl«, geht an die Kasse, holt 25 Zehnerl, geht zum Gast und wirft ihm die 25 Zehnerl vor die Füße. »Da«, sagt er, »dein Wechselgeld.«
Sagt der Gast: »Bringen Sie mir bitte noch ein Weißbier.«

■

Ein Tourist geht im Urlaub in Spanien in ein Spezialitätenrestaurant. Der Kellner empfiehlt ihm Stiereier. Der Tourist bekommt eine große Portion Stiereier, sie schmecken ihm sehr gut. Total begeistert geht er am nächsten Tag wieder hin und ißt wieder Stiereier. Genauso am nächsten und übernächsten Tag, und immer bekommt er eine große Portion.
Am fünften Tag geht er wieder in das Spezialitätenrestaurant und bestellt wieder die Stiereier. Da bekommt er eine ganz kleine Portion.
»Warum ist die Portion heute so klein?« fragt er den Kellner.
»Ja, heute hat der Stier gewonnen!«

Die Geschäftsleitung eines Konzerns sitzt in einem tollen Restaurant beim Essen. Man unterhält sich über den beruflichen Werdegang und die Karrieren.
Einer gibt an: »Also, ich habe es innerhalb von zehn Jahren vom kleinen Lehrling zum Mitglied des Aufsichtsrats gebracht.«
Darauf sein Tischnachbar voller Hochachtung: »Oh, dann sind Sie ja ein ausgesprochener Parvenu!«
Antwortet der Angeber: »Nein, nein, den Affen mit dem roten Arsch, den Sie meinen, nennt man Parmesan.«

■

Ein Mann geht in ein Restaurant. Kommt der Ober und fragt ihn: »Was möchten Sie bestellen, mein Herr?«
Er sagt: »Ich möchte eine Flasche sehr, sehr süßen Weißwein, mit sehr vielen Chemikalien drin. Und dann möchte ich eine Suppe. Eine Suppe, die aussieht wie schmutziges Abspülwasser mit ein paar Fliegen drin und einem Löffel voll Staub oben drauf. Und dann möchte ich ein Steak haben, das bestimmt nichts mit Rind zu tun hat und sehr verbrannt ist. Und Gemüse, das total verkocht und ›mikro-gewaved‹ ist und überhaupt keinen Geschmack hat. Und als Dessert vielleicht ein paar ausgetrocknete Früchte.«
Darauf der Ober entsetzt: »Aber mein Herr! Solches Essen servieren wir nicht in unserem Restaurant.«
Grinst der Mann: »Aber letzte Woche gab es das doch noch!«

Technik und Auto

Ein Rolls Royce- und ein Mazda-Fahrer treffen sich an einer Ampel. Der Mazda-Fahrer läßt die Scheibe seines Wagens runter, der Rolls Royce-Fahrer auch.
»Na«, sagt der Mazda-Fahrer zum Rolls Royce-Fahrer, »und? – Hast du schon ein Telefon in deinem Auto?«
»Klar, natürlich hab' ich ein Telefon in meinem Wagen«, sagt der Rolls Royce-Fahrer gelangweilt.
»Und?« fragt der Mazda-Fahrer, »hast du auch schon ein Faxgerät in deinem Wagen?«
»Na sicher hab' ich ein Fax«, sagt der Rolls Royce-Fahrer. Die Ampel wird bereits gelb, und kurz bevor sie auf grün umspringt, ruft der Mazda-Fahrer dem Rolls Royce-Fahrer noch zu:
»Hast du auch schon ein Doppelbett in deinem Wagen?« und zischt weg. Der Rolls Royce-Fahrer denkt: So ein Mist, der mit seinem Mazda hat sogar ein Doppelbett! Er fährt daraufhin sofort in die nächstgelegene Werkstatt und läßt sich ein Doppelbett einbauen.
Es dauert nicht lange, stehen beide mit ihren

Autos wieder an einer Ampel. Der Rolls Royce-Fahrer läßt sofort seine Scheibe runter und klopft beim Mazda-Fahrer an. Es dauert etwas, bis der sich rührt. »Du«, sagt der Rolls Royce-Fahrer strahlend, »ich hab' jetzt auch ein Doppelbett in meinem Wagen!«
»Na toll«, meint der Mazda-Fahrer leicht gereizt, »aber deswegen hättest du mich wirklich nicht aus der Dusche holen müssen!«

■

Ich weiß nicht, ob Ihnen bekannt ist, wie lange man in der DDR auf ein Auto warten mußte. Also, das waren so 10–15 Jahre. Da kommt ein Kunde zum Trabi-Händler und will einen Trabi bestellen.
Fragt er: »Sagen Sie mal, kann man den Trabi auch mit Extras kriegen?«
Fragt der Händler: »Ja, an was haben Sie denn gedacht?«
»Ja«, sagt der Kunde, »Zentralverrieglung, ABS, elektrisches Schiebedach, KAT, ... das war's eigentlich!«
»Ja«, sagt der Händler, »können Sie kriegen.«
»... und wann könnte ich das Auto kriegen?«
Sagt der Händler: »Holen Sie ihn nächste Woche ab!«
»Was, wollen Sie mich verarschen?«
»Wieso ich«, sagt der Händler, »Sie haben doch damit angefangen!«

■

Nach einer ziemlich feucht-fröhlichen Nacht wanken zwei Gestalten aus dem Lokal. Nachdem sie vergeblich versuchen, das Auto aufzusperren, beschließen sie, den Heimweg zu Fuß anzutreten. Dummerweise gelangen sie auf das Bahngleis, das noch dazu unbeleuchtet ist.
Nach einiger Zeit sagt der eine: »Die saublöde Treppe hört ja überhaupt ned auf!«
Da sagt der andere: »Des wär ja ned so

schlimm, wenn bloß des G'lander ned so tiaf wär!«

■

Eine Dame kauft in einem Möbelgeschäft einen Holzstuhl. Am nächsten Tag geht sie in das Geschäft zurück und beschwert sich:
»Nu gucken Sie mal, ich habe gestern einen Stuhl bei Ihnen gekauft. Nu gucken Sie mal, da geht er aus dem Leim, da wackelt ein Bein und da geht er auseinander. Nu gucken Sie mal.«
Der Verkäufer, ein Münchner, schaut sich den Stuhl an und sagt: »Da hat sich wohl einer draufgesetzt, was?«

■

Es heißt ja immer, daß die Frauen mit der Technik auf Kriegsfuß stehen.
Da ruft einmal eine Frau ihren Mann ganz aufgeregt an und sagt: »Du, stell' dir vor, mein Auto geht nimmer, da ist Wasser im Vergaser drin. Kannst mich nicht abschleppen?«
Der Mann sagt: »Freilich schlepp' ich dich ab, wo steht denn dein Auto?«
Sagt sie: »Im Starnberger See!«

■

Wie üblich in der Hauptreisezeit startet ein Flugzeug von München aus in Richtung Gran Canaria.
Nach einer Weile meldet sich eine Stimme über Mikrophon:
»Meine sehr verehrten Damen und Herren, ich möchte Sie recht herzlich an Bord begrüßen. Das Wetter ist wunderschön, draußen hat es zur Zeit 50° C minus. Wenn Sie zur rechten Seite hinausschauen, sehen Sie dort eine brennende Tragfläche. Schauen Sie zur linken Seite hinaus, dort sehen Sie auch eine brennende Tragfläche. Und wenn Sie nun ganz hinunterschauen aufs Meer, dann sehen Sie dort ein

kleines rotes Schlauchboot, von hier aus spreche ich zu Ihnen.«

■

Sitzen der Sohn, der Vater und der Opa nächtens beisammen.
»Mei«, meint der Sohn, »neulich war ich in Paris, ein Temperament haben die Pariserinnen ...«
Schnalzt der Vater mit der Zunge: »... und eine Technik ...«
Seufzt der Opa: »... und eine Geduld ...«

■

Eine Kreuzung. Ein Polizist regelt den Verkehr. Da kommt ein Auto mit Vollgas an und bleibt mit quietschenden Reifen direkt vor dem Polizisten stehen.
Polizist: »Ja, kannst du nicht Autofahren?«
Autofahrer: »Ja, wenn du so einen Rausch wie ich hättest, könntest du gar nicht mehr stehen.«

Der Lucki ist Taxifahrer geworden, sein Freund, der Kare, ist Jurist. Eines Tages fährt der Lucki einen Betrunkenen heim. Nachdem der ausgestiegen war, merkt er auf der Rückfahrt, daß es in seinem Wagen fürchterlich stinkt. Er hält an, steigt aus und schaut – da sieht er hinten ein Häuferl liegen.
Der Lucki ruft gleich den Kare an, erklärt ihm das Vorkommnis und fragt, was er denn da machen könne und wie die Rechtslage sei.
»Ja, die Rechtslage«, sagt der Kare, »ist ganz einfach: Wenn's nach 14 Tagen nicht abgeholt wird – dann gehört es dir.«

■

Ein LKW-Fahrer fährt über Land. Plötzlich sieht er eine Oma am Straßenrand stehen. Die winkt. Er hält an und nimmt sie mit. Unterwegs fängt das Auto plötzlich an zu stottern und bleibt liegen.
Sagt er: »Verdammt, jetzt steht er.«
Fängt die Oma an zu kichern und sagt: »Hihihi,

ich hab' ja gewußt, daß ich nicht ungeschoren davonkomme!«

■

Ein Mann fährt mit seinem Auto durch die Landschaft. Plötzlich hat er einen Motorschaden, und das Auto bleibt stehen. Er macht die Motorhaube auf und schaut in den Motor, aber er hat keine Ahnung, was zu tun ist.
Da hört er plötzlich eine Geisterstimme: »Du mußt den Vergaser abchecken. Vielleicht ist Staub im Vergaser.« Der Mann ist sehr überrascht, da in seiner Nähe niemand ist. Er sieht nur ein Feld, auf dem zwei Pferde stehen, ein braunes und ein graues.
Da hört er noch einmal die Stimme: »Den Versager abchecken, den Vergaser.« Da schaut der Mann in den Vergaser und bemerkt, daß wirklich Staub drin ist. Er macht ihn sauber und startet den Motor. Er zittert ein bißchen, natürlich hat er Angst, weil er nicht verstehen kann, was passiert ist. Er fährt schnell zur nächsten Bar, trinkt dort sofort einen doppelten Whiskey und erzählt dem Barmann:
»Ich hatte eine sehr gespenstische Erscheinung. Ein paar Meilen entfernt hatte ich eine Autopanne. Da hörte ich eine Geisterstimme, die mir sagte, was ich machen muß, um mein Auto wieder in Gang zu bringen. Und es hat funktioniert. In der Nähe waren aber nur zwei Pferde auf dem Feld und – ich weiß, es klingt verrückt – aber ich glaube, es war eines von diesen Pferden.«
»Ja, ja, es muß das graue Pferd gewesen sein.«
Der Mann ist überrascht: »Woher wissen Sie das?«
Der Barmann: »Weil das braune Pferd überhaupt keine Ahnung von Autos hat!«

Ein Mann will eine Waschmaschine kaufen. Er geht ins Elektrogeschäft und sagt zum Verkäufer: »Guter Mann, ich brauch' 'ne Waschmaschine! Können Sie mir da was empfehlen?«
»Ja«, sagt der Verkäufer, »da hab' ich 'ne tolle Maschine für Sie! So eine haben Sie noch nie gesehen! Passen Sie mal auf, ich erklär' Ihnen das Ding: Nehmen Sie mal an, Sie haben schmutzige Socken. Dann tun Sie die Socken rein, Seife rein, Klappe zu, einstellen, wik wak, wik wak, wik wak, wik wak, und die Socken sind sauber!«
»Ja prima«, sagt der Mann, »ich nehm' die Maschine!«
»Nein«, sagt der Verkäufer, »ich muß Ihnen erst noch erklären: Nehmen Sie mal an, Sie haben schmutzige Unterwäsche. Dann tun Sie die Unterwäsche rein, Seife rein, Klappe zu, einstellen, wik wak, wik wak, wik wak, wik wak, und die Unterwäsche ist sauber.«
»Ja, wunderbar, ich nehm' den Apparat«, meint der Mann.
»Aber nein«, sagt der Verkäufer, »ich muß Ihnen erst noch erklären: Nehmen Sie mal an, Sie haben schmutzige Oberhemden. Dann tun Sie die Oberhemden rein, Seife rein, Klappe zu, einstellen, wik wak, wik wak, wik wak, wik wak, und die Oberhemden sind sauber.«
»Ja, in Ordnung, ich nehm die Maschine!«
»Nein«, sagt der Verkäufer, »lassen Sie mich Ihnen noch erklären! Nehmen Sie mal an, Sie haben schmutzige Windeln ...«
»Ja, ja«, sagt der Mann ungeduldig. »Ich weiß schon – Windeln rein, Seife rein, einstellen, wik wak, wik wak, wik wak, wik wak, und die Windeln sind sauber!«
»Nee, falsch«, sagt der Verkäufer, »dann haben Sie das Häufchen im Gesicht! Sie haben die Klappe nicht zugemacht!«

Tiere

Zwei Kühe auf der Wiese. Sagt die eine zur anderen: »Na, wie geht's dir denn?«
»Oh«, sagt die andere, »mir geht's prima! Ich steh' am wunderbaren Südhang, hab' saftiges grünes Futter und einen tollen Bullen! – Und was machst du so?«
»Ach«, sagt sie, »da hab' ich nicht so viel Glück! Ich steh' am schattigen Nordhang, da ist das Gras schlecht, und neben mir steht der Ochse, der erzählt immer nur von seiner Operation!«

Ein Hahn versieht auf seinem Bauernhof drei Wochen lang treu seine Pflicht. Dann bricht er plötzlich zusammen und stirbt.
Da denkt der Bauer: Das passiert dir mit deinem neuen Hahn nicht mehr! und gibt ihm erst mal eine ordentliche Dosis an Vitamin- und Hormonpillen, bevor er ihn auf die Hühner losläßt.
Der neue Hahn beglückt daraufhin alle Hühner auf dem Hof. Dann fliegt er zum Nachbarhof und beglückt auch dort noch sämtliche Hennen.
Als er die alle durch hat, ist er immer noch

unersättlich und macht sich auch noch über die Enten und Gänse her.
Der Bauer denkt: Dieser Hahn, der hat soviel Feuer, das überlebt er sicher nicht!
Und tatsächlich: Am Abend liegt der Hahn wirklich wie gemäht im Hof, und zwei Bussarde kreisen über ihm.
Jammert der Bauer: »Ich hab ja gewußt, daß der das nicht überleben kann!«
Da blinzelt der Hahn und zischt den Bauern an: »Verschwinde endlich! Die beiden will ich auch noch haben!«

Drei Affenmännchen beschließen fremdzugehen. Sie vereinbaren, daß sie sich nach zwei Stunden wieder treffen.
Der erste ist nach zwei Stunden wieder zurück. Eine halbe Stunde später kommt der zweite, völlig ausgelaugt, und fragt: »Na, wie war's bei dir?«
Der erste: »Ich war beim Antilopenweibchen, ich ihr nach, sie einen Hupfer weg, ich ihr nach, bis ich sie dann erwischt habe, aber es war nicht schlecht. Und was war bei dir los?«
Der zweite keucht: »Ich war bei einem Gepardenweibchen. Ich schleich mich an, als ich da war, rennt sie fort, ich hinterher, bis ich sie erwischt habe, . . . Aber es war hervorragend, aber sag doch, wo ist unser dritter Affe?«
In dem Moment kommt der dritte schon auf dem Zahnfleisch dahergekrochen.
»Wo warst du so lange?«
Stöhnt der dritte: »Ich bin völlig fertig.«
Fragen die anderen: »Jetzt erzähle, was bei

einer Giraffe so anstrengend ist. Streng ist sie nicht, springen kann sie nicht, . . .«
»Ja, das nicht, aber auffi – Bussi, owi – eini, . . .«

■

Ein Zebra bricht aus dem Tierpark aus, springt davon, kommt an einem Bauernhof vorbei und geht schnurstracks in den Heustadl. Sieht das Zebra die Säue und fragt:
»Ja was seid ihr denn für welche?«
»Wir sind d'Säu!«
»Und was macht ihr so den ganzen Tag?«
»Also, wir fressen, und nachher werden wir geschlachtet.«
»Nein«, sagt das Zebra, »das ist nichts für mich«, und geht hinaus.
Draußen trifft es ein paar Hennen.
»Und ihr, wer seid ihr?« fragt das Zebra.
»Wir sind Hennen!«
»Und was macht ihr den ganzen Tag?«
»Ja mei«, sagten die Hennen, »wir gackern und scharren umeinand' und dann legen wir Eier.«
»Nein«, sagt das Zebra, »das ist auch nichts für mich«, geht hinaus und sieht die Kuh.
»Und wer bist du?«
»Ich bin die Kuh!«
»Und was machst du den ganzen Tag?«
»Ich fresse Gras, und dann geb' ich Milch.«
»Nein, das ist ganz bestimmt nichts für mich«, sagt das Zebra, geht weiter und kommt zu einer Koppel, auf der ein feuriger Hengst steht.
»Mmmh«, macht das Zebra. »Wer bist du denn?«
»Ich bin der Hengst!«
»Und was machst du den ganzen Tag?«
»Zieh' du mal deinen Schlafanzug aus, dann zeig' ich's dir!«

■

Ein Kaninchenpaar wird während einer Treibjagd von einer Hundemeute gehetzt und rettet

sich in ein Erdloch. »Und nun?« jammert sie. »Liebling«, sagt er und nimmt sie zärtlich in die Pfoten: »Wir warten einfach, bis wir ihnen zahlenmäßig überlegen sind.«

■

Zwei Schlangen kriechen durch den Urwald. Da fragt die eine: »Du, sag mal, sind wir wirklich so richtige Giftschlangen?«
»Ja freilich, schau dich doch mal an, du bist 'ne richtige Giftschlange.«
»Na ja, ich meine, so 'ne ganz echte Giftschlange, vor der sich die Menschen fürchten?«
»Na klar, dein Großvater war eine Giftschlange, dein Vater war eine Giftschlange, da brauchst gar nicht so blöd fragen.«
»Wenn wir so echte Giftschlangen sind, und ich beiße jemanden, ist es dann so richtig giftig?«
»Logisch, sonst würdest du ja nicht Giftschlange heißen!«
»Also, wenn ich jetzt jemanden beiße, und ich bin so eine richtige Giftschlange, kann der dann an dem Gift sterben?«
»Du kannst heute wirklich blöd fragen! Du gehörst zu den giftigsten Schlangen, und wenn du jemanden beißt, fällt der tot um!«
»Scheiße ist das, weil ich habe mir gerade auf die Zunge gebissen.«

■

Der kleine Fritz geht mit seiner Mutter in den Zoo. Nachdem sie schon bei den Affen und den Nilpferden waren, kommen sie schließlich zu den Elefanten. Da fragt der kleine Fritz: »Du, Mami, wie kommen denn die kleinen Elefanten auf die Welt?«
Die Mutter – etwas verlegen – zupft nachdenklich an ihrem Ohrläppchen.
Der kleine Fritz beobachtet das und sagt: »Komm' mir jetzt aber bloß nicht mit der Geschichte, daß die auch der Storch bringt!«

Wyatt Earp, der beste Cowboy des Wilden Westens, reitet mit seinem Pferd am Abend zur Saloon-Gitty. Er stellt sein Pferd direkt unter ihr Fenster, damit er bei Gefahr nur aus dem Fenster zu springen braucht und einen kurzen Fluchtweg hat. Nachdem er seinem Pferd gesagt hat, daß es dort auf ihn warten soll, geht er in den ersten Stock und verschwindet im Zimmer von der Saloon-Gitty, um sich mit ihr ein paar nette Stunden zu machen.
Plötzlich klopft es an der Tür.
Wyatt Earp springt auf, reißt das Fenster auf und springt hinunter.
Die Tür geht auf.
Das Pferd steht lässig in den Türrahmen gelehnt und sagt zur Saloon-Gitty: »Du, sag Wyatt, ich warte auf ihn im Saloon! Draußen regnet's!«

Die Polizei in Berlin greift – weil der viele Verkehr die Luft verpestet – wieder auf berittene Streifen zurück. Kommen zwei Polizisten in den Stall. Sagt der eine: »Weißt du was, ich muß gestern dein Pferd erwischt haben. Mit tut der Hintern so weh. Das Auto hat man wenigstens an den Nummernschildern erkannt, aber bei den Pferden . . .«
Sagt der andere: »Ich hab eine Idee, wir machen ein Zeichen dran. Wir schneiden einfach bei dem einem Pferd den Schweif ab. Du nimmst das Pferd mit dem kurzen und ich das mit dem langen Schweif.«
In der Nachtschicht wechseln die Stallburschen den Dienst.
»Guck dir das mal an«, sagt der eine Stallbursche, »früher haben sie die Antennen abgeknickt, jetzt schneiden sie den Pferden den Schweif ab Wie soll denn das aussehen, schließlich sind wir Hauptstadt.«
Damit die Pferde wieder gleich aussehen, schneidet der Stallbursche auch bei dem

anderen Pferd den Schweif kurz.
Am nächsten Tag stehen die beiden Polizisten wieder ratlos vor ihren Gäulen.
»Mensch, was machen wir jetzt. Jetzt haben beide Pferde einen kurzen Schweif. Wenn ich jetzt dein Pferd erwische, tut mir heute abend wieder der Hintern weh.«
»Weißt du was«, überlegt da der andere. »Jetzt gibt's nur noch eins: Du nimmst das schwarze und ich das weiße!«

■

Ein Mäuschen schleicht durch die Speisekammer. Plötzlich kommt der Kater. Die Maus läuft um ihr Leben, sie flitzt durchs Haus, bis in den Keller. Da sieht die Maus eine Leiter, die an ein Weinfaß gelehnt ist, stürmt die Leiter hinauf und platscht in das Faß. Sie rudert und paddelt und schluckt eine ganze Menge Wein.
Plötzlich ruft sie der Katze zu: »Hicks, hol mich doch raus!«
Die Katze: »Miau, könnte mir gar nicht einfallen.«
Die Maus: »Hicks, wenn du mir hilfst, dann darfst du mich fressen.«
Das läßt sich die Katze nicht zweimal sagen, sie steckt die Pfote in das Faß und zieht die Maus heraus. Die macht einen Satz, huscht über den Kellerboden und schlüpft in das Loch.
Die Katze hockt verärgert vorm Loch und ruft:
»He, du hast mir doch versprochen, ich darf dich fressen, wenn ich dir helfe.«
Darauf die Maus: »Hicks, im Rausch sagt man viel, was man nicht so meint.«

■

Fragt die kleine Susi den Papa:
»Du, Papa, was fressen eigentlich Grottenolme?«
»Ja, ich glaube, alles, was sie finden.«
»Ja, und wenn sie mal nichts mehr finden?«
»Ja, dann fressen sie halt was anderes.«

Ein Vogel und eine Schlange treffen sich im Wald.
»Na, wie geht's dir denn?« fragt der Vogel die Schlange.
»Hmhm! Gut! Man schlängelt sich halt so durch!«
»Tja«, sagt der Vogel, »das kann ich von mir nicht sagen!«

Kinder

Es war zur Weihnachtszeit. Der kleine Fritzl hatte einen ganz besonderen Weihnachtswunsch. Er wollte unbedingt eine kleine Eisenbahn. Und deshalb hat er einen Wunschzettel geschrieben. ›Liebes Christkind, ich wünsche mir so sehr eine kleine Eisenbahn. Ich bin auch eine Woche lang ganz lieb und brav und tue alles, was man von mir verlangt.‹
Er ist mit seinen Eltern zusammen spazierengegangen, da kommen sie an einem Schaufenster vorbei und er sieht eine große Eisenbahn. Da denkt er: Die wäre viel besser. Kommt heim, zerreißt den Wunschzettel und schreibt einen neuen: ›Liebes Christkind, ich wünsche mir so sehr eine große Eisenbahn. Ich bin auch zwei Wochen lang ganz lieb und brav und tue alles, was man von mir verlangt.‹
Am Sonntag sind die Eltern mit dem Buben zum Christkindlmarkt gegangen. Da sieht er eine Krippe und schnappt sich in einem unbeobachteten Augenblick Maria und Josef. Keiner hat es gesehen.
Daheim zerreißt er den alten Wunschzettel wieder und schreibt einen neuen: ›Christkind, ich

wünsche mir eine große Eisenbahn. Und wenn ich die nicht kriege, dann siehst du deine Eltern nie wieder. ‹

■

Der Lehrling kommt aus der Berufschule und fragt seinen Meister: »Du, Meister, jetzt muß ich dich was fragen. Ist jetzt Kindermachen eine Arbeit, oder ist das ein Vergnügen.«
Darauf der Meister: »Sei ruhig und arbeite, frag nicht immer so blöd.«
Nach einer Zeit fragt der Lehrling wieder: »Geh, Meister, sag's mir halt, ist jetzt Kindermachen eine Arbeit, oder ist das ein Vergnügen?«
»Herrgott, ich habe doch gesagt, du sollst arbeiten, fällt dir nichts anderes ein?«
Sagt der Lehrling: »Du hast doch gesagt, ich soll immer fragen, wenn ich etwas nicht weiß. Sag es mir doch! Ist Kindermachen eine Arbeit oder ein Vergnügen?«
Knurrt der Meister: »Also, damit du Ruhe gibst, es ist ein Vergnügen.«
Seufzt der Lehrling: »Das habe ich mir gleich gedacht, weil wenn es eine Arbeit gewesen wäre, hätt's schon längst wieder ich machen müssen.«

■

Sitzen ein kleines Mädchen und ein kleiner Junge im Sandkasten. Und wie das bei kleinen Kindern so ist – einer will den anderen übertrumpfen.
Sagt der kleine Junge: »Ätsch, guck mal, ich habe eine neue Hose an, du nicht, ätsch!«
Sagt das Mädchen: »Ätsch, ich habe ein neues Kleidchen an, du nicht, ätsch!«
Sagt der Junge: »Ätsch, guck mal, ich habe neue Schühchen an, du nicht, ätsch!«
Sagt das Mädchen: »Ätsch, ich habe auch neue Schühchen an und noch neue Strümpfchen dazu, du nicht, ätsch!«
Da reicht es dem kleinen Jungen: »Ätsch, und ich habe einen Piephahn, du nicht, ätsch!«
»Ha«, sagt das Mädchen, »wenn ich groß bin, habe ich viele, ätsch!«

Der Lehrer kommt kurz vor der Zeugnisausgabe in die Klasse und sagt: »Mei, Buben, seid mir nicht böse. Aber ihr seid alle so blöd, ihr seid so schlecht, gerade in Mathematik. 70% von euch werden im Zeugnis einen Fünfer haben.«
Meldet sich der Maxl und sagt: »Herr Lehrer, so viele sind wir ja gar nicht!«

■

Ein Junge kommt aufgeregt aus der Schule nach Hause: »Papi, Mami, heute hatten wir Sexualkunde! Heute war theoretischer Unterricht, morgen haben wir den praktischen Teil!«
Der Vater steht vom Tisch auf, läuft aufgeregt zum Küchenschrank und holt die gußeiserne Bratpfanne heraus.
»Aber, Vater«, sagt die Mutter entsetzt, »du kannst doch das Kind nicht schlagen deswegen!«
»Was heißt hier schlagen«, brüllt der Vater. »Eier braucht das Kind, Eier . . .!«

Der Lehrer geht durch die Bankreihen, bleibt plötzlich stehen und sagt: »Peter, Busen schreibt man aber groß!«
»Nein, Herr Lehrer, Sie haben gestern gesagt, groß schreibt man nur das, was man anfassen kann.«

■

Stellt sich einer beim Baumeister vor. Fragt der: »Was haben Sie gelernt?«
Antwortet der Mann: »Nix!«
Darauf der Baumeister: »Gott sei Dank, dann brauchen wir Sie nicht umschulen!«

■

Der Fritzl hat seinen ersten Schultag. Als er heimkommt, fragen ihn seine Eltern: »Na, wie war es denn?«
Da antwortet der Fritzl· »Ein Beschiß! Außen an der Tür steht groß dran ›Klassenzimmer 1. Klasse‹, und wenn du hineinkommst, sind lauter Holzbänke drin.«

In der Schule wird das Thema Energiesparen durchgenommen. Der Lehrer will von den Kindern ein paar Beispiele hören.
Meldet sich der Franzl und sagt: »Herr Lehrer, wir haben in unserem Haus alle 100-Watt-Birnen entfernt und durch 25-Watt-Birnen ersetzt.«
»Mhm«, sagt der Lehrer, »das ist ein gutes Beispiel.«
Dann meldet sich der Maxl: »Ja, Herr Lehrer, wir haben unseren Traktor verkauft und nehmen jetzt wieder das Pferd zum Ackern.«
»Ja«, sagt der Lehrer, »das ist auch Energiesparen.«
Dann meldet sich der Seppl und sagt: »Ja, Herr Lehrer, wir geben unsere Mama her.«
Darauf der Lehrer entsetzt: »Ja, Seppl!«
»Naja, ich brauch's nimmer, der Papa mag's nimmer und für'n Nachbarn brauchen wir sie auch nicht durchfüttern.«

Kommt ein kleiner Bub zu seinem Vater: »Vater, was ist denn impotent?«
Sagt der Vater: »Impotent, impotent . . . ach, geh' doch lieber zur Mutter, die kann dir das besser erklären!«
Geht der Bub zu seiner Mutter: »Mama, kannst du mir sagen, was impotent ist?«
»Naja«, überlegt die Mutter, »das ist das glei che, wie wenn du mit gekochten Spaghetti Mikado spielen willst.«

■

Die kleine Anna fragt ihre Mutter: »Mutti? Du, sag' einmal, kannst du eigentlich ein Kind bekommen?«
»Ja, Anna, so alt bin ich doch noch nicht. Ein Kind kann ich schon noch bekommen.«
»Und die Lisa?« fragt Anna. »Kann Lisa denn auch ein Kind bekommen?«
»Naja, deine Schwester ist jetzt 18, natürlich kann die schon ein Kind bekommen.«

»Ja, und ich?« fragt Anna. »Kann ich denn ein Kind bekommen?«
»Aber, Anna, du bist doch erst acht Jahre alt. Du kannst doch noch kein Kind bekommen!«
Da rennt Anna zum Fenster, reißt es auf und ruft hinunter: »He, Jungs, ihr könnt hochkommen! Ich hab' euch doch gesagt, daß wir nicht aufpassen müssen!«

Handwerk und Beruf

Ein Mühlviertler kommt zwei Stunden zu spät zur Arbeit in Linz. Sagt sein Chef: »Sagen Sie mal, wo waren Sie denn heute wieder?«
»Na«, sagt der Angestellte, »wenn Sie wüßten . . .! Von Freistadt bis nach Linz ein Stau – sowas können Sie sich nicht vorstellen!«
»Ja«, sagt der Chef, »alles schön und gut, aber haben Sie denn nicht irgendwann mal überholen können?«
»Nein, Chef, leider, das ging nicht! Wissen Sie, ich war nämlich der erste in der Kolonne.«

»Mei, schaust du heute schlecht aus!« sagt ein arbeitsloser Ingenieur zu dem anderen.
»Da soll man nicht schlecht ausschauen«, jammert der andere.
»Ja, warum, was ist denn los, ist etwas passiert?«
»Ja, trag du mal auf der Baustelle Ziegelsteine zentnerweise bis in den vierten Stock hinauf. Und das von sieben Uhr in der Früh bis abends um fünf.«
»Du armer Kerl«, bedauert der erste Ingenieur den zweiten, »wie lange machst du

diese gräßliche Arbeit denn schon?«
»Morgen fange ich an.«

■

In Rußland wird der Posten des Direktors einer Kolchose ausgeschrieben. Dazu muß auch ein kleiner Test gemacht werden, der aus drei Fragen besteht.
Auch Iwan Popow und sein Sohn stellen sich neben anderen 50 Bewerbern vor, und Iwan ist fest überzeugt, die Stelle zu bekommen. Immerhin war er 30 Jahre KP-Mitglied und hat schon viel geleistet für die Partei. Aber wie's im Leben so geht, kriegt nicht der Vater Popow den Posten, sondern sein Sohn. Da wird Iwan Popow sehr wütend, fährt in die KP-Zentrale und schimpft: »Genosse, was ist da los? Da gibt's einmal einen schönen Posten, und wer kriegt den? Nicht ich. Ich war 30 Jahre bei der KP, und was hab' ich nicht alles geleistet für die Partei. Kriegt den Posten mein Sohn! Was hat der schon geleistet für die Partei, ha?«
»Beruhige dich, Genosse«, sagt der Sekretär, »wir werden nachsehen. Du weißt ja, drei Fragen waren zu beantworten, ... ah, da haben wir's ja ... Die erste Frage war: Wo tragen Frauen meistens gekräuselte Haare. Dein Sohn hat geschrieben: in Afrika. Und du, was hat du geschrieben, ha?
Zweite Frage: Was ist das beste Organ. Dein Sohn hat geschrieben: Prawda. Na, und was hast du geschrieben, du Ferkel, ha?
Und die dritte Frage. Was ist die schönste Stellung. Dein Sohn hat geschrieben: Direktors-Posten der Kolchose. Und du, du Oberferkel, machst noch eine Zeichnung dazu!«

■

In der Schule hat eine Lehramtsanwärterin die letzte Schulstunde vor der Prüfung. Der Schuldirektor und der Schulrat sitzen in der letzten Bank. Die Lehrerin schreibt an die Tafel den Satz: ›Heute ist ein schöner Tag ...‹. Dann dreht sie sich um und

fragt die Kinder: »So, wer von euch kann den Satz lesen?« Totenstille, niemand meldet sich. Plötzlich geht in der vorletzten Bank ein Finger hoch, der Max meldet sich wie wild.
Sagt die Lehrerin: »Ja, Max, bitteschön.«
Sagt der Max eifrig: »Da steht: Die Frau Lehrerin hat einen schönen Hintern.«
Sagt die Lehrerin: »Ja, sag mal, wie kannst du so etwas sagen, das steht doch gar nicht da.«
Da dreht sich der Max um und sagt zu den beiden Herren hinter ihm: »Das sage ich euch, einsagen, wenn ihr nichts könnt, laßt lieber sein!«

■

Klein-Lieschen in der Schule, erster Schultag. Fragt die Lehrerin die Kinder, was sie denn mal werden wollen.
»Nu, Klein-Lieschen, was willst du denn mal werden, wenn du groß bist?«
Sagt Klein-Lieschen: »Ja, Frau Lehrerin, das weiß ich noch nicht so genau. Wenn ich einen Busen bekomme, dann werde ich Fotomodell, und wenn ich keinen Busen kriege – ja, dann werde ich Lehrerin.«

■

Eine vornehme Dame ruft beim Metzger an: »Entschuldigen Sie, Herr Metzger, ich bräuchte dringend 50 Gramm Streichwurst. Könnten Sie die bitte gleich liefern?«
Darauf der Metzger: »Das geht nicht, wir können leider nicht liefern. Unser Lastauto ist gerade mit einem Suppenwürfel unterwegs.«

■

Zwei Wiener Zöllner sind nach Linderhof an die bayerisch-österreichische Grenze versetzt worden. Die beiden gehen Streife, da bleibt der eine stehen und sagt zum anderen:

»Du, Karl, schau' mal zum Baum da hoch. Da hängt ein Toter. Den müssen wir melden.«
Sagt der andere: »Das tun wir uns nicht an. Wer weiß, wie lange der schon da hängt. Vielleicht stinkt der schon. Und dann der ganze Papierkram .... Weißt du was? Wir hängen den jetzt ab, und dort drüben, hinter der Grenze, hängen wir ihn wieder auf. – Dann haben wir damit nichts mehr zu tun.«
Der eine hängt den Toten ab, sie gehen 'rüber, hängen ihn wieder auf und gehen weiter ihre Streife.
Eine halbe Stunde später kommen zwei bayerische Zöllner auf ihrer Runde an dem Toten vorbei.
Sagt der eine: »Das darf doch nicht wahr sein! Jetzt hängt der schon wieder da!«

■

Der Knecht schmeißt direkt vor dem Wirtshaus im Dorf sein Fuhrwerk um. Die ganze Ladung Holz landet im Graben. Auf den Schrecken lädt ihn der Wirt auf ein Bier ein. Der Knecht trinkt eine Maß, dann noch eine und noch eine. Gerade will er noch eine bestellen, da sagt der Wirt: »Du, Sepp, willst jetzt nicht mal nach Hause und dem Bauern sagen, daß du das Fuhrwerk umgeschmissen hast?«
Sagt der Knecht: »Das weiß er schon, der liegt drüben unter dem Fuhrwerk!«

■

Herr Müller, Finanzbeamter, verrichtet schon seit 25 Jahren seinen Dienst ohne Beanstandung. Eines Tages erscheint ihm die Zauberfee: »Müller, das Schicksal meint es gut mit dir. Du hast drei Wünsche frei.«
Müller, freudig überrascht, überlegt nicht lange: »Ach, 25 Jahre im Büro, ich wäre gern auf einer Südsee-Insel.«
Bing! Müller liegt unter Palmen am herrlichen Strand in einer Hängematte. Da erscheint ihm wieder die Fee.

»Müller, das Schicksal meint es gut mit dir, was wünscht du dir jetzt?«
»Ach, so ein paar schöne Mädels kämen mir jetzt schon recht.« Bing! Drei Südsee-Schönheiten, die ihm mit Fächern frische Luft zuwedeln und ihm exotische Getränke anbieten.
Da erscheint die Fee ein drittes Mal. »Müller, das Schicksal meint es gut mit dir, was wünschst du dir jetzt?«
»Ach, so schön ist es gerade, ich möchte gar nicht mehr arbeiten.«
Bing! Da sitzt der Müller wieder an seinem Schreibtisch im Finanzamt.

■

Da steigt einer mühsam in den Bus. Der Busfahrer sieht das, stützt ihn und ist ihm auch beim Hinsetzen behilflich.
»Könnten Sie mir vielleicht mein linkes Bein hochlegen?« Der Busfahrer legt ihm sein linkes Bein auf den Sitz gegenüber.
»Ach, seien Sie doch so nett und legen mein rechtes Bein auch nach oben.«
»Geht's so?« fragt der Busfahrer freundlich.
»Ach, wenn Sie mir jetzt noch ein Kissen in den Rücken geben könnten ....« Auch das tut der Busfahrer bereitwillig.
»Entschuldigen Sie«, sagt der Busfahrer, »ich will ja nicht aufdringlich sein, aber was haben Sie denn?«
Seufzt der Fahrgast: »Urlaub!«

■

Eine Touristengruppe macht eine Führung durch den Louvre. Eine der Damen bleibt hingerissen vor einem Gemälde stehen. »Ach, ist das ein schöner Van Gogh, oh, ist der aber schön.«
»Gnädige Frau, wenn ich Sie berichtigen darf, das ist kein Van Gogh, das ist ein Rubens.«
»Aha«, sagt sie, »ein Rubens«, und geht weiter. Einige Bilder weiter sagt die Dame wieder:

»Aber das ist ein schöner Van Gogh, ach, ist der schön.«
»Aber das ist doch kein Van Gogh, das ist auch ein Rubens«, erklärt der Führer.
Wieder einige Bilder weiter. »Aber das, das ist jetzt ein Rubens, die prallen Formen, das kann doch nur ein Rubens sein.«
»Nein, gute Frau, das ist der Spiegel.«

Gesundheit

Ein Mann kommt zum Doktor und läßt sich ›generalüberholen‹. Alle Untersuchungen fallen zur vollsten Zufriedenheit aus. Der Mann macht ihn aber darauf aufmerksam, daß er im Unterleib überhaupt nichts untersucht hat. Er hätte da ein bißchen Schwierigkeiten mit der Potenz.
So macht der Arzt eine weitere Untersuchung, und als die abgeschlossen ist, macht der Doktor ein nachdenkliches Gesicht.
Da sagt der Patient: »Ja, um Gottes willen, ist es so arg?«
Sagt der Doktor: »Ja, lebensgefährlich ist es nicht. Und weh wird es auch nicht tun. Aber sie leiden verstärkt am ›Gamsbartsyndrom‹.«
»Gamsbartsyndrom«, sagt der Patient. »Ja, was ist denn das, tut das arg weh?«
»Nein, Schmerzen werden Sie keine haben, das habe ich ja schon gesagt. Aber den können Sie sich bald an den Hut stecken!«

Drei befreundete Ärzte, ein Augenarzt, ein Ohrenarzt und ein Gynäkologe, treffen sich einmal die Woche zum Stammtisch. Nach einem gemütlichen Abend verabschieden sie sich.
Sagt der Augenarzt: »Also tschüs, wir sehen uns wieder.«
Darauf der Ohrenarzt: »Also tschüs, laßt mal wieder was von euch hören.«
Und der Gynäkologe: »Tschüs, meine Herren, und schönen Gruß an die Gattinnen, ich schau mal wieder rein.«

■

Eine ältere Frau kommt zum Arzt und sagt: »Herr Doktor, ich möchte Sie was fragen: Kann ich von Ihnen ein EKG bekommen?«
»Aber, Frau Schulze«, sagt der Arzt, »Sie sind doch erst vor vier Wochen da gewesen und haben ein EKG bekommen.«
»Ja«, sagt sie, »aber das letzte hat mir so gut getan.«

In Wien kommt ein Mann zum Psychiater. Der bittet ihn, sich auf die Couch zu legen und ihm seine Probleme zu schildern.
Daraufhin der Patient: »Tja, wie soll ich anfangen, Herr Doktor?! Ich hab' in Wien zwei Eigentumswohnungen. In St. Moritz hab' ich ein Appartment, in England besitze ich ein Schloß, und meinem Sohn habe ich voriges Jahr zu seiner Matura einen Ferrari gekauft, ich selber fahre einen 500er Mercedes, meine Gattin hat einen 300er Mercedes, und meiner Tochter habe ich vor drei Wochen einen Lamborghini gekauft und eine eigene Jagd!«
»Ja«, sagt der Psychiater, »dann versteh' ich nicht ganz, wieso Sie eigentlich hier sind!? Ich dachte, Sie hätten schwerwiegende Probleme! Aber wenn es Ihnen so gut geht, dann sind Sie ja bei mir an der falschen Adresse!«
»Ja«, sagt der Patient, »das Problem kommt ja erst! Ich verdiene nämlich nur 1000 Schilling!«

Kommt einer zum Psychiater: »Sie müssen mir unbedingt helfen! Stellen Sie sich vor: Seit 25 Jahren fahre ich mit dem Omnibus zur Arbeit und jeden Tag sitzt da einer drin und winkt mir mit dem Finger.
Ich geh' hin und sag': ›Guten Morgen‹, und der sagt auch ›Guten Morgen‹, und dann fragt der mich immer: ›Kennen Sie den Herrn Meier?‹, und ich frag': ›Welchen Meier?‹ und der sagt: ›Der mit dem Geier!‹
Können Sie sich das vorstellen? Seit 25 Jahren? Der macht mich schon stocknarrisch. Ich hab' schon Angst, wenn ich in den Bus einsteige. Können Sie mir nicht helfen?«
»Da können wir schon für Abhilfe sorgen. Da gibt es nur eine Medizin dagegen. Sie müssen sich revanchieren.«
»Revanchieren? Ja, wie soll ich denn das machen?«
»Wenn Sie morgen wieder im Bus sitzen, und dieser Mann fängt wieder mit dem Meier an, dann sagen Sie: ›Moment mal! Jetzt bin ich mal dran.‹ Und dann sagen Sie: ›Kennen Sie den Herrn Fischer?‹ Und wenn der Sie fragt, ›Was den für einen Herrn Fischer?‹, dann sagen Sie: ›Der mit dem Wischer!‹«
Da sagt der Patient: »Ach so, revanchieren! Herr Psychiater, Sie sind ein toller Kerl! Vielen Dank und schicken Sie mir die Rechnung.«
Am nächsten Tag im Omnibus fängt der Mann wieder mit dem Herrn Meier an. Da sagt der andere: »Moment mal! Jetzt bin ich aber dran. Kennen Sie den Herrn Fischer?« »Meinen Sie etwa den Bekannten von Herrn Meier?«
»Was denn für ein Meier?«
»Na, der mit dem Geier!«

■

Zwei kleine Buben mit dicken Windelpaketen sitzen im Sandkasten.
Sagt der eine zum anderen: »Du, ich muß jetzt heim, weil ich muß nämlich ganz dringend bieseln.«
Darauf der andere: »Ja, warum denn das, du

hast doch Windeln an, da brauchst doch net heim gehen?«
»Na, ich muß heim, weil mei' Mutter hat nämlich gesagt, wenn ich noch einmal in die Windel biesel, dann schneidet sie mir mein Biesi ab.«
Der andere überlegt kurz: »Du, ich hab letzthin meiner Schwester beim Duschen zugeschaut, und wenn das gut gemacht ist, dann sieht das gar nicht so schlecht aus.«

■

Robin Hood ist sehr krank und liegt im Sterben. In seiner kleinen Hütte im Sherwood Forest sind all seine Freunde um sein Bett versammelt. Da äußert Robin Hood noch einen letzten Wunsch: »Gebt mir Pfeil und Bogen, ich möchte noch einmal mit meinem alten Bogen einen Pfeil abschießen, und dort, wo der landet, beerdigt mich.«
Jahrhunderte später waren die Historiker sehr erstaunt, als sie Robin Hoods Leichnam auf dem Kleiderschrank fanden.

Geht die Tür vom Sprechzimmer auf, und ein Mann kommt ganz gebückt ins Wartezimmer. Fragt ihn eine ältere Dame ganz mitfühlend: »Ja, was haben Sie denn?«
»Spondylitis ersten Grades!«
Kurz danach kommt wieder einer, der noch gebückter geht. Fragt die Dame wieder: »Was haben Sie denn?«
»Spondylitis zweiten Grades!«
Nach einer Weile kommt einer, der sich schon mit den Häden am Fußboden abstürzt.
Sagt die Dame: »Ach, Sie Ärmster, Sie haben wohl Spondylitis dritten Grades?«
»Nein, Hämorrhoiden! Und mein Arzt hat gesagt, ich soll sie im Auge behalten!«

Prominente erzählen ihre Lieblingswitze

Vera Russwurm

Fragt der Wirt den Kellner: »Du, sag' mal, der Gast da eben hat ja gar nicht so zufrieden gewirkt! Was hat denn der ins Gästebuch geschrieben?«

Sagt der Kellner spitz: »Nix! Das Schnitzel hat er reingeklebt!«

■

Ottfried Fischer

Treffen sich zwei Bauern. Sagt der eine: »Du, stell dir vor, ich bin gestern mit meinem Traktor in eine Radarfalle reingefahren!«

»Und?« meint der andere, »hat's geblitzt?«

»Nein, gescheppert!!«

■

Susanne Czepl

Die kleine Susi kommt ganz aufgeregt aus der Schule nach Haus und sagt zur Mutter: »Mutti, Mutti, morgen muß ich mich schön anziehen! denn morgen kommt nämlich der Erdbeerschorsch und filmt uns!«

Die Mutter ist völlig entsetzt und denkt: Wer weiß, was da los ist? Kinderporno!
Sie ruft sofort die Klassenlehrerin an und sagt: „Was ist denn in der Schule los? Meine Susi sagt, morgen kommt der Erdbeerschorsch und filmt die Kinder!«
»Um Gottes willen«, sagte die Lehrerin, »das ist ein völliger Irrtum! Morgen kommt der Erzbischof und firmt die Kinder!«

■

Eva Hermann

Ein kleines Pinguinkind steht inmitten eines Meeres von Pinguinen in der Antarktis und weint bitterlich.
Da kommt eine Pinguindame und fragt mitfühlend: »Was hast du denn, mein Kleines?«
»Ach, ich hab' meine Mami verloren!« schluchzt das Pinguinkind.
»Deine Mami? Na, die werden wir schon wieder finden! Komm, wir gehen sie suchen! Wie sieht sie denn aus?«

Elisabeth Volkmann

Der Ehemann kommt nach Hause und erwischt seine Frau in flagranti.
»Was macht ihr denn da?« brüllt er.
»Siehst du«, sagt die Ehefrau zu ihrem Liebhaber, »ich hab' dir doch gesagt, daß er dumm ist!«

■

Arabella Kiesbauer

Unterhalten sich zwei Fünfjährige im Sandkasten.
Sagt der eine: »Du, gestern abend hab' ich bei uns auf der Terrasse ein Kondom gefunden!«
Sagt der andere: »Was is'n 'ne Terrasse?«

■

Michaela May

Die kürzeste Bettgeschichte der Welt: »Nein!«

Jazz Gitti

Kommt ein Mann in München in eine Bank, hält sich die Pistole an die Schläfe und sagt zum Kassierer: »Geld her! Ich habe eine Geisel!« Sagt der Kassierer: »Sie wollen's in Schilling, oder?«

■

Wolfgang Stumph

Ein sächsisches Ehepaar fliegt zum ersten Mal in den Alpen mit einem Hubschrauber. Da sagt die Frau: »Du Papa, was is'n das, was sich da oben so dreht?«

»Das ist, damit wir hier drinnen nicht so schwitzen!«

»Ja«, sagt der Pilot, »was meinen Sie, wenn sich das nicht dreht, wie *ich* dann schwitze!«

Wolfgang Stumph

Eine Lehrerin macht mit ihrer Klasse einen Ausflug zum Pferderennen.

Die kleinen Jungs müssen alle mal austreten

»Frau Lehrerin, bei uns ist aber das Becken so hoch! Können Sie uns da mal helfen?«

»Aber sicher helfe ich euch!« sagt die Lehrerin. Sie hebt den ersten hoch. Pssss. Sie hebt den zweiten hoch. Pssss. Den dritten, den vierten, den fünften, den sechsten . . .

Plötzlich schaut sie etwas verwundert und fragt: »Sag' mal, gehörste auch in meine Klasse?«

»Nee, ich bin der Jockey«

Karl-Heinz Rummenigge
Kommt ein Ehemann in ein Reisebüro.
»Ich möchte bei Ihnen gern eine Kreuzfahrt buchen!«
»Hätten Sie gern eine Doppelkabine oder lieber zwei getrennte Kabinen?«
»Wie? Getrennte Kabinen? Ich möchte getrennte Schiffe!«

■

Elke Sommer
Eine Fränkin geht in Hamburg in ein Antiquitätengeschäft. Die Verkäuferin begrüßt sie sehr herzlich: »Guten Tag, gnädige Frau, womit kann ich Ihnen behilflich sein?«
Fränkin: »Ja, ich möchte da ein Pendant kaufen!«
Verkäuferin: »Wenn ich mich erkundigen darf, gnädige Frau, Pendant *wozu?*«
Darauf die Fränkin: »Das kann doch Ihnen wurscht sein!«

Elsi Gulp
Drei Betrunkene kommen in ein Lokal gewankt und flegeln sich an einen der Tische.
Einer von ihnen schreit zum Ober rüber: »Du, Ober, was kostet in dem Sauladen ein Schweinsbraten?«
Daraufhin der Ober: »Ganz einfach, die Herrschaften, pro Sau 15,– DM!«